honzuki no gekokujou
shisho ni narutamenihwa
shudan wo erandeiraremasen

目次 Contents

《第四部　貴族院的自稱圖書委員Ⅵ》卷首彩頁

《第四部　貴族院的自稱圖書委員VII》卷首彩頁

《第四部　貴族院的自稱圖書委員Ⅴ》封面

《第四部　貴族院的自稱圖書委員VI》封面

《第四部　貴族院的自稱圖書委員VII》封面

《第四部　貴族院的自稱圖書委員Ⅷ》封面

《短篇集 I》封面

Junior 文庫《第一部　士兵的女兒1》封面

2016《小書痴的下剋上》聖誕明信片

2017《小書痴的下剋上》聖誕明信片

2018《小書痴的下剋上》聖誕明信片

《小書痴的下剋上》廣播劇１

《小書痴的下剋上》廣播劇 2

《小書痴的下剋上》廣播劇3

艾倫菲斯特全景

香月美夜的幕後秘辛

剛開始收到草稿時我就感動不已，覺得「這真是太厲害了」。真不愧是動畫的美術設定，呈現出了規模非常宏大的感覺。圖片前方是貧民區，後方是富豪們的居住區域，因此我曾要求色彩要有變化。貧民區是髒兮兮的感覺，後方則要色彩鮮豔。

艾倫菲斯特南門

香月美夜的幕後秘辛

由於鈴華老師改編漫畫時就畫過南門的設計圖，也提供給了動畫製作團隊當參考。我腦海中的想像原本就已經非常明確，一開始請鈴華老師設計時也送去了三、四張參考照片。大門是木製的，連平民也能關上。但其實原著設定中，還有一道領主能以魔法關上的石門。但若要連石門也呈現會太過複雜，所以動畫版放棄了這個設定（笑）。

梅茵家　外觀

香月美夜的幕後秘辛

這部分的設計圖完全按照設定，直到二樓為止是石造，三樓開始是木造建築，所以我看到完成圖時還不由得「噢噢！」驚嘆。最後修改時也提出了不少關於細節的要求。因為一開始的版本太明亮了，我請團隊盡可能呈現出使用很久的陳舊感。整體色調也要求再暗一些。

梅茵家　臥室

香月美夜的幕後秘辛

重點在於窗戶是木製，而不是玻璃窗。至於擺在床邊的家具則有成排的木箱，再擺上可以放置瑣碎生活用品的籃子，營造出簡樸的氛圍。原本鈴華老師在改編漫畫時也細心地參考了原著設定，所以那些資料也提供給了製作團隊。另外，放在窗戶底下的是腳凳，可以往窗外倒垃圾。有了腳凳，就連多莉也能站上去丟垃圾呢（笑）。

商業公會　外觀

香月美夜的幕後秘辛

這裡與「梅茵家的外觀」一樣，二樓以下和三樓以上的構造是分開的。請製作團隊以鈴華老師的漫畫版為基礎，再參考歐洲街道的照片，研究面向廣場的建築物是什麼模樣。而建築物沿著街道削除了本該突出的邊角。最終修改階段，我心想難得改編成了動畫，便要求希望每棟建築物都是不同顏色。最終也呈現出了富豪區域特有的繽紛色彩。

渥多摩爾商會　會客室

香月美夜的幕後秘辛

會客室是由動畫版進行設計。我特別提醒的事情，就是別把沙發做成蓬鬆式的，因為原著裡只是木板上鋪了布而已。還有，由於會客室位在二樓，也提醒了牆壁要是白色的。陳設在屋內後方的櫃子與各種擺飾，則交由動畫製作團隊去決定。

奇爾博塔商會　外觀

香月美夜的幕後秘辛

基本上與「商業公會的外觀」一樣。不同的地方在於正門並未面向中央廣場，所以就算位在轉角，也沒有削掉邊角，而是沿著道路呈長方體。這部分也是根據鈴華老師的漫畫版去設計，因此從草稿階段開始就如同預期。但因為是第一次加上色彩，看到完成圖時還是感動不已。不過一開始的石板路太白太乾淨了，我要求看起來再髒一點。其實原著裡頭還更泥濘不堪（笑）。

奇爾博塔商會　一樓店內

香月美夜的幕後秘辛

之前已請鈴華老師設計過了，便麻煩動畫團隊參考漫畫版，然後基本上都交給團隊去完成。添上色彩時也要求過以白色為主，但比起突顯富豪的身分，我更希望能強調出平民區的氛圍，所以增加了木製家具的數量。這部分是一邊確認團隊提出的設計圖一邊進行修改。

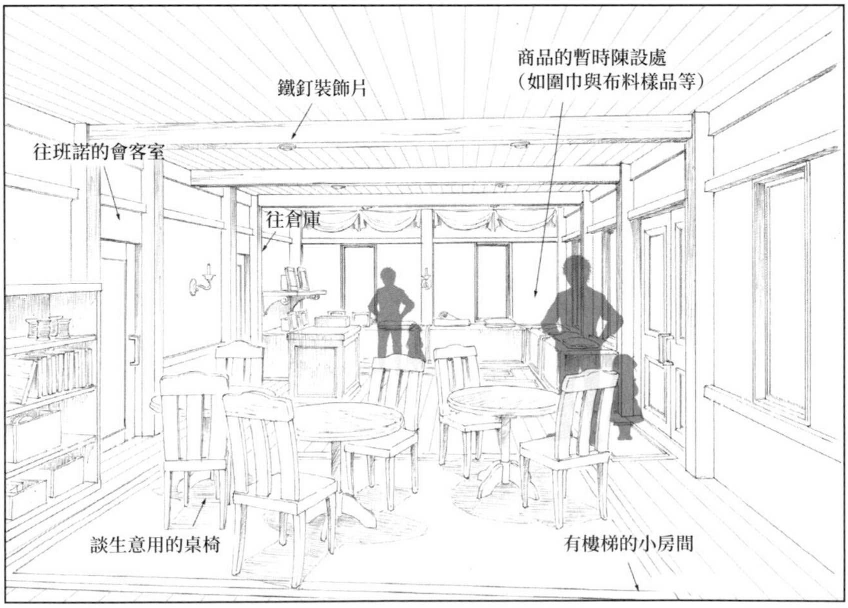

神官長的秘密房間

香月美夜的幕後秘辛

神官長的秘密房間是由動畫版最先進行設計，還得留意非常多的細節，因此曠日費時（苦笑）。最重要的就是書桌後方的工作桌，桌面要足夠寬敞便於調合，底下還要有類似藥櫃的無數抽屜。另外我還要求得呈現出雜亂的感覺，例如地板上堆滿了書。從草稿階段開始也提出了不少關於細節的要求，比如窗簾要設計成可以上下捲動的捲簾。這份設計圖之後也會提供給漫畫版的團隊當參考。

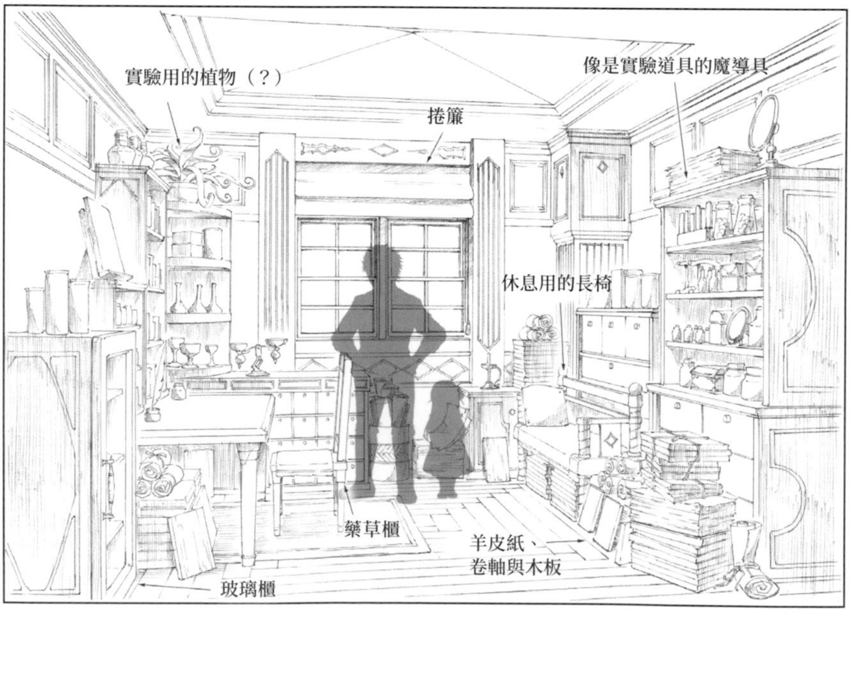

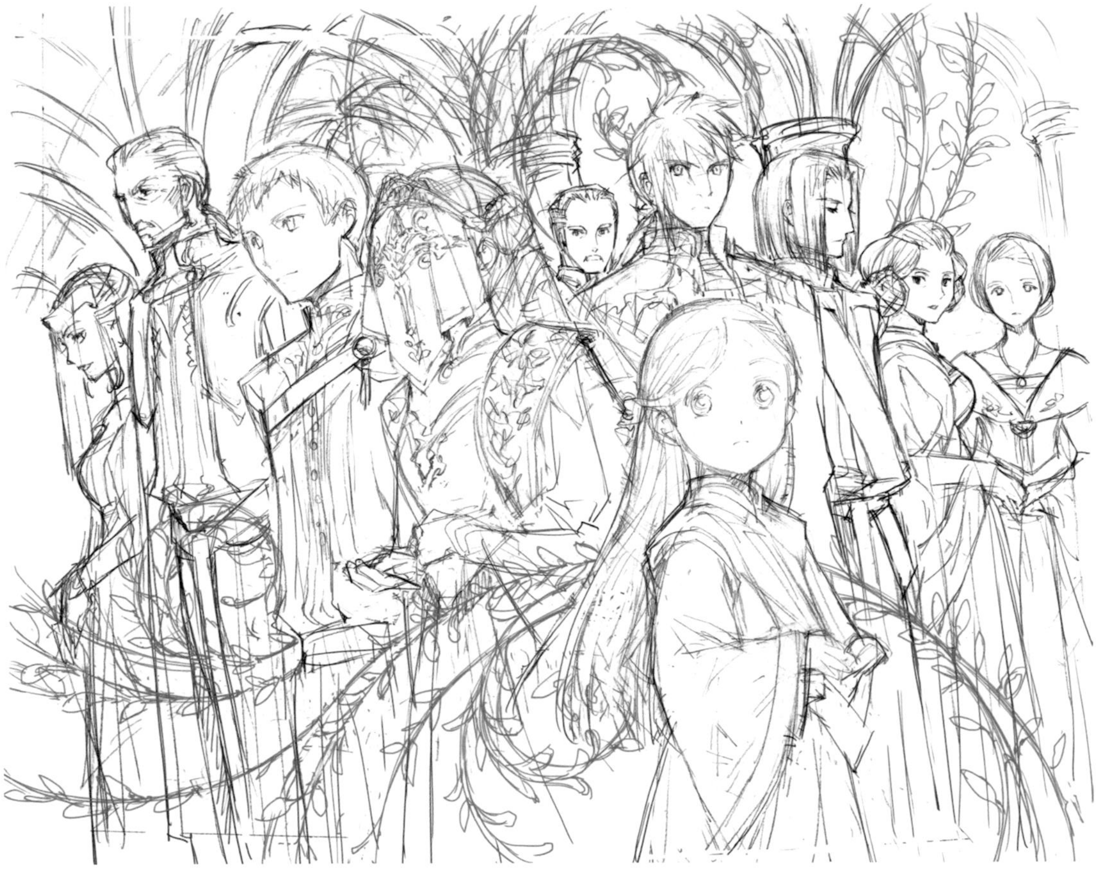

《第四部　貴族院的自稱圖書委員V》卷首彩頁草稿

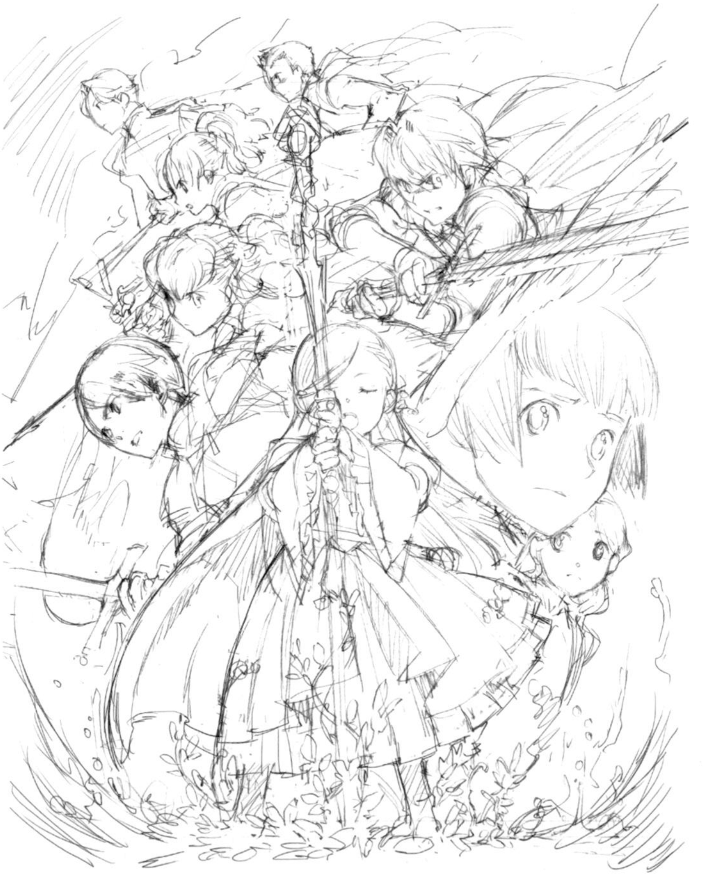

《第四部　貴族院的自稱圖書委員VI》卷首彩頁草稿

《第四部　貴族院的自稱圖書委員Ⅶ》卷首彩頁草稿

《第四部　貴族院的自稱圖書委員Ⅷ》卷首彩頁草稿

《第四部　貴族院的自稱圖書委員Ⅴ》封面草稿

《短篇集Ⅰ》卷首彩頁草稿

《第四部　貴族院的自稱圖書委員Ⅶ》封面草稿

《第四部　貴族院的自稱圖書委員Ⅵ》封面草稿

《第四部　貴族院的自稱圖書委員Ⅷ》封面草稿

《第四部　貴族院的自稱圖書委員Ⅶ》封面　另一版草稿

To Junior 文庫《第一部　士兵的女兒１》封面草稿

《短篇集Ⅰ》封面草稿

2017《小書痴的下剋上》聖誕明信片　草稿

2016《小書痴的下剋上》聖誕明信片　草稿

2018《小書痴的下剋上》聖誕明信片　草稿

《小書痴的下剋上》廣播劇 1 彩圖草稿

《小書痴的下剋上》廣播劇 2 彩圖草稿

《小書痴的下剋上》廣播劇 3 彩圖草稿

漫畫：鈴華

～FANBOOK 4全新短篇～
莉絲的選擇
我已經說過好幾遍了，將來要繼承商會的是妳哥哥。
莉絲 七歲
唔唔……
可是我也想當商人啊……
妳也知道女人若能與對商會有益的對象結婚，這也是很重要的貢獻吧。
別再想著當商人了，精進妳裁縫的手藝吧。
可是……
是……
幸好對我們多有關照的工坊願意收妳為學徒。
乖乖聽我的話，去當裁縫學徒吧。
知道了嗎？

……都是因為有哥哥在，我才沒辦法當商人。
はぁ…
唉……
米兒達家有班諾，那妳也是被迫當裁縫學徒的吧？
並不是喔。
奇爾博塔商會是因為當初為蘭海姆製作服裝，得到了賜名，
所以會由縫製衣裳的女性繼承。
只要哥哥不做衣服，我就是繼承人。
什麼啊?!
爸爸還說女人不能當繼承人！
猛然起身
ガタッ
びくっ
驚嚇

抓
莉絲，妳冷靜一點！
但現在已經決定由妳哥哥繼承商會了吧？
嗯。我家是不可能了……
……可是，如果還有其他店家也像奇爾博塔商會這樣，表示我還有機會成為商人吧？
咦？嗯，大概……吧？
我決定了！
我要再去跟爸爸說「我想當商人學徒」！
我才不會認輸呢！
ゴオッ
轟隆
……所以就是這樣，莉絲很堅持她要當商人學徒，怎麼也講不聽。
唉……

不然你先讓她同時當裁縫學徒與商人學徒，
等到了十歲，再讓她決定要選哪條路，你看這麼做如何？
……那她當然是選擇當商人啊。
但我看她意志力強大，腦筋也聰明，口才也很好，很適合當商人啊。
別說得事不關己……
難不成奇爾博塔商會能為莉絲的將來負責嗎？
不過是介紹一名都帕里罷了……
沙
……其實我們這裡倒是沒關係。
呼
……沒辦法。
暫時就讓莉絲去做她想做的吧。
完

魔力感知與結婚對象的條件

香月美夜

「……奇怪？」

那是騎士課程的所有人聚集在宿舍裡開讀書會時的事了。我忽然覺得四周十分嘈雜，還能感受到奇妙的視線，忍不住抬起頭來。見我突然抬頭，一起讀書的娜塔莉大人納悶地朝我看來，側過臉龐。

「優蒂特大人，怎麼了嗎？」

我環顧四周，明明映在眼中的景象並無變化，肌膚能感受到的世界卻與以往截然不同，分成了一部分是存在感格外強烈的人，一部分是存在感十分薄弱的人。這種讓人渾身起雞皮疙瘩的奇異感受讓我放下了筆。

……難不成，這是魔力感知?!

明明至今從來不曾意識到他人的存在，現在卻能清楚地感受到，這讓我大吃一驚，悶不作聲地站起來。聽見「喀噹」一聲響，大家的目光往我看來。除了感受得到在四面八方搖動的魔力，我也為自己能感受到這些而不知所措，快步走向大門並打開。雖然對一臉驚訝的大家十分過意不去，但我實在無法再若無其事地待在屋子裡了。因為這些感覺太讓人難為情，恐怕我的臉龐此刻已經紅透了吧。

「優蒂特大人，您怎麼啦？」

如今母親大人不在貴族院，陪同我前來的侍從芙蕾德莉卡，是這種時候最能與她商量私密煩惱的年長女性。

「芙蕾德莉卡，我、我……」

本來想告訴芙蕾德莉卡，說自己感知得到魔力了，並為這種奇怪的感覺感到困惑，然而我卻不知道該怎麼開口才好，結果只是支吾其辭。但我還沒開口說明，芙蕾德莉卡伸手觸碰我後，倏地張大眼睛。

「咦？優蒂特大人，您的魔力……哎呀！恭喜您！」

魔力感知是十到十五歲之間會發生的變化。對貴族孩童來說，可說是第二性徵的變化之一。能夠感應到魔力量與自己相近的人，從繁衍子嗣的角度來看，也就是能夠感應到適合結婚的對象。因為魔力量若相差過多，就很難懷有身孕。

「我突然覺得四周變得非常嘈雜，好像大家都在看我，心情無法保持平靜。我現在該怎麼辦才好呢？」

不光自己能感知到身邊人們的魔力，就連旁人也能感應到我的魔力了。換句話說，即使我還沒有尋找結婚對象的打算，這樣子也等同在昭告眾人，自己已經進入了適婚年齡。這點讓我難為情得不得了。

「您很快就會習慣的。」

「嗚嗚……很快是指多快？一鐘嗎？還是一天？」

這對我來說可是很重要的事情，芙蕾德莉卡卻只是咯咯笑道：

「您還真是性急呢。」接著便不再理會。

「不曉得我那時候過了多久才習慣呢？畢竟很久以前了，細節我也記不清楚。不過，要是真的無法隱藏情緒、想要阻絕旁人的氣息，可以使用秘密房間。」

用自己魔力創造出來的秘密房間，能與外界完全隔離。只要躲進裡頭，就能阻絕外界的氣息。至今我幾乎沒有使用過秘密房間，現在卻能深刻明白它的必要性。在習慣這種全然陌生的感受之前，真的會想躲進感應不到他人魔力的空間裡。

「只不過一旦躲進去，恐怕永遠也無法適應呢。」

「嗚嗚……」

意思不就是「不要躲進秘密房間，快點適應」嗎？明明我對突如其來的變化感到不知所措，芙蕾德莉卡卻顯得相當高興。

「這件事得趕快通知您的父母才行呢。既然優蒂特大人能感知到魔力了，代表接下來得認真思考有關您的結婚對象了。以後可有得忙了。」

倘若現在眼前的人是母親大人，我肯定會反駁：「我都還沒有適應，不要急著考慮其他事情！」然而芙蕾德莉卡是來擔任我侍從的親戚，不能在她面前表現得太過慌亂。在我稍微冷靜下來、可以理智對話之前，最好暫時保持距離。

「那就麻煩芙蕾德莉卡聯絡母親大人了。我剛才因為嚇了一大跳，突然就衝出多功能交誼廳，必須先回去一趟。」

我急急忙忙離開房間，然後輕輕拍打明明時值寒冷冬天，卻滾燙不已的臉頰。但拍打了以後，臉頰的熱意還是沒有消退的跡象。要是以這副模樣回到有那麼多人在的多功能交誼廳，真不知道大家心裡會怎麼想。

「嗚嗚……這樣子根本沒辦法回去。怎麼辦？」

「優蒂特，發生什麼事了嗎？妳忽然就跑出交誼廳，大家都很擔心喔。」

站在走廊上時，我聽見萊歐諾蕾的呼喚。她剛剛還在指導騎士課程的學生讀書，似乎是因為擔心我特地追過來。

「萊歐諾蕾……」

我正煩惱著該如何回答時，赫然發現萊歐諾蕾就在我面前，我卻感受不到她的氣息。這也就代表著我與萊歐諾蕾的魔力量相差懸殊吧。儘管與上級貴族的差距就這麼明擺在眼前，然而此時此刻，感應不到魔力的萊歐諾蕾只令我覺得安心。

「那個，我好像可以感知到魔力了。但因為太過突然，嚇了好大一跳……」

「啊，在習慣之前會坐立不安吧。妳找侍從商量過了嗎？」

萊歐諾蕾立即對我的不安表示理解。發覺不只有自己會這樣，一股安心蔓延開來。

「她雖然很為我高興，還說要通知父母親，但沒有理會我的不安，只說馬上就會習慣了。因為她說已經是很久以前的事了，細節也記不清楚。」

「不然我們為妳提供一些意見吧？羅潔梅茵大人的近侍室只有我們能進去，應該能讓妳放鬆一點吧？」

目前羅潔梅茵大人暫時返回艾倫菲斯特，不在貴族院，男性近侍也不能上三樓。和在城堡時不同，能夠進入貴族院近侍室的，只有我、萊歐諾蕾、布倫希爾德、莉瑟蕾塔與菲里妮而已。

「那就麻煩妳們了。」

「那我去叫其他人，優蒂特先進近侍室吧。至於騎士課程的學生們，我會好好向他們說明。」

我向萊歐諾蕾道謝後，很快進入近侍室。不曉得是因為位在宿舍深處，還是因為主人不在的關係，羅潔梅茵大人的近侍室靜悄悄的，感覺與龐雜的氣息十分遙遠，讓我放鬆地呼了口氣。

「優蒂特，聽說妳能感知到魔力了？」

「……是的。」

「雖然是該恭喜的事情，但至少在適應周遭的魔力之前，都不想任人公開地討論這件事吧。」

布倫希爾德一邊苦笑，一邊俐落地把近侍室裡的點心擺上盤子。比起說聲恭喜，更希望有人能明白這種無措心情的我，很高興能聽到布倫希爾德這麼說。

「我的侍從芙蕾德莉卡說很快就會習慣了，但到底要多久呢？」

「這個嘛……大約十天左右？」

「我的話大概是五天過後便不在意了吧……」

聽了布倫希爾德與萊歐諾蕾的回答，我大腿上的雙手不禁用力握緊。適應時間似乎會比預期的還要久。莉瑟蕾塔將茶杯放在布倫希爾德面前，微微一笑說道：

「優蒂特，其實頭三天完全沒必要在意旁人的視線唷。」

「這是什麼意思呢？」

出乎預料的話語讓我瞪圓眼睛。莉瑟蕾塔動作從容地將茶杯遞給萊歐諾蕾，溫柔地瞇起綠色眼眸。

「現在因為妳身體的感覺突然改變，可以敏銳地感應到旁人的魔力吧？但是，由於妳自己發出的魔力還不穩定，若不接近到可以觸碰到妳的地步，其實我們幾乎是感覺不到的。」

說完，莉瑟蕾塔在我面前放下茶杯。她的魔力正緩緩飄動著。並不是肉眼看得見，而是透過感覺得知。

「明明我感應得到，莉瑟蕾塔卻感應不到我的魔力嗎？」

「像這樣觸碰的話就感應得到喔……但感覺有些微弱，也好像有點遙遠呢。是魔力量的差異嗎？」

在場我能感知到魔力的，只有莉瑟蕾塔而已。不論是兩名高年級的上級貴族，還是仍無法感知魔力的下級貴族菲里妮，我都感應不到。

「一般都會由母親告訴妳必要知識，但待在貴族院的這段期間，無法直接找母親商量呢。有很多事情都不明白，優蒂特一定很不安吧。」

「只要把術科課稍微往後延，應該可以暫時回領地一段時間吧……不過，這時候還是先別回去比較好呢。」

「為什麼？」看到布倫希爾德沉下臉來，我歪頭反問。因為才剛有人說一般都是由母親告訴自己必要資訊，她卻建議我不要急著回去。

「因為父母一旦知道了，即使本人不願意，也會邀請許多男士舉辦慶祝會。優蒂特，妳目前還覺得能感知到魔力很難為情，不想讓人觸碰吧？那麼在做好心理準備之前，最好別急著返回艾倫菲斯特喔。」

布倫希爾德說自己那時候，父母為她舉辦了非常盛大的慶祝會，還邀請許多年輕男士，簡直就像要她從那些人當中挑出結婚對象的候補人選。聽到竟有這麼令人羞恥的活動存在，別說臉紅了，我甚至感到想哭。我轉頭用求救的眼神看向萊歐諾蕾，她以那雙藍眼回望我的同時，臉上露出了難以形容的奇妙微笑。

「我與布倫希爾德不同，因為不是繼承人，沒有她那麼誇張。不過，慶祝會時確實邀請了好幾名男士前來。」

「應該只有上級貴族是這樣吧？莉瑟蕾塔，妳沒有舉辦過這種慶祝會吧？」

我懷抱著一絲希望看向莉瑟蕾塔。莉瑟蕾塔喝著茶，面帶為難苦笑。

「優蒂特真是辛苦呢。現在因為在貴族院，無法找母親商量，偏偏回去以後，大概馬上就會召集親族舉辦慶祝會吧。雖然我能明白慶祝會的必要性，但真的讓人如坐針氈呢。」

「咦？咦？咦？」

這是什麼意思？也就是說，就算是中級貴族，也同樣有慶祝會嗎？我慌得六神無主，萊歐諾蕾與布倫希爾德說著：「這麼一說確實……」朝我投來同情的眼光。

「因為慶祝會一般都辦在星結儀式那段期間或者冬季的社交界，方便邀請親族與認識的人。」

「我當初是在夏季尾聲發現自己能感知到魔力，所以距離慶祝會還很久，有時間能做好心理準備。不過，優蒂特等於是一回去就要舉辦吧？」

「不要、我不要。這種慶祝會不能拒絕嗎？」

還要邀請客人前來，這根本是在大肆宣傳自己已經進入適婚年齡了。光想像我就覺得臉頰快要噴出火來。

「……為了讓父母能找到適合的結婚對象，這可說是必經過程呢。」

「既然侍從已經去通知了，相信妳的父母會開始準備吧。」

妳只能死了心接受現實——眼看前輩們都面帶微笑，顯然我的慶祝會勢必將在今年的冬季尾聲舉辦。

「那慶祝會上我要做什麼？我從來沒有受邀參加過這種聚會喔?!」

「那當然呀。因為這種聚會，就是要讓開始能感知到魔力的女性，與魔力量可能相當的未婚男士見面。受邀的男士似乎也是坐立難安，兩邊的心情大概差不多吧……」

據說出席慶祝會的，會有可說是當天主角的女性貴族，和可能成為結婚對象候補的未婚男性，以及各自的監護人們。這根本就是尋找結婚對象的場合嘛。我心慌意亂地眼神游移，發現菲里妮竟然事不關己般地在喝茶。

「菲里妮，妳怎麼這麼悠哉，這跟妳也有關係喔！我們只差一歲而已，再過不久一定就換妳……」

「我與各位不同，已經與父親大人斷絕往來，目前是在羅潔梅茵大人的庇護下，所以不可能舉辦慶祝會吧。」

慶祝會的舉辦是為了向眾人昭告自己的女兒已屆適婚年齡，並尋找適合的結婚對象，所以菲里妮說這跟已與父親斷絕往來的她沒有關係。

「啊！那麼，只要我也與父親大人斷絕關係……」

「優蒂特，妳別慌得口不擇言。我明白妳現在覺得很難為情，但不能因此就與家人斷絕關係吧？況且能夠舉辦慶祝會，也代表著妳身為家族的一分子、身為女兒，十分受到重視喔。」

「咦？」

「如果是籌不出嫁妝，也不打算讓女兒正式與人成婚的父母，根本不會舉辦慶祝會。這也意味著，父親並不打算認真為女兒尋找結婚對象。」

我不由自主看向菲里妮。要是菲里妮與父親的關係一直是現在這樣，那往後的慶祝會與婚事該怎麼辦呢？羅潔梅茵大人會想辦法嗎？但是到時候，菲里妮一定會被貴族們指指點點，說她竟然仰賴羅潔梅茵大人到這種地步……

「優蒂特，妳不必擔心我。事到如今父親大人若想插手我的事情，我反而會很困擾。」

明知道菲里妮家的情況，我卻沒能設身處地為她著想。明明我與家人的感情融洽，居然還開口說出想和家人斷絕關係，真不知道菲里妮聽了會是怎樣的心情。我不由得意志消沉，布倫希爾德輕拍了拍我的肩膀表示安慰。

「優蒂特，倘若妳有父親已經訂下的未婚夫人選，那就不會舉辦慶祝會，而是直接進行魔力配色與宣布婚約吧。妳想有這個可能嗎？」

「魔力配色與宣布婚約嗎?!不可能。我從沒聽過自己有未婚夫的候補人選。」

慶祝會不是與結婚對象的候補人選見面，就是會宣布婚約。才剛發現自己能感知魔力，接著馬上就要考慮結婚。明明至今還懵懵懂懂，覺得結婚和自己無關，現在卻好像被逼著要立刻給出答案。

我看向已經確定要舉辦訂婚儀式的萊歐諾蕾。聽說不久後等返回艾倫菲斯特，萊歐諾蕾就會與柯尼留斯訂婚。兩人都是上級貴族，還是羅潔梅茵大人的近侍。其實這門婚事就算是由雙方父母作主訂下的也不奇怪，但兩人似乎是互相喜歡才決定訂婚。

「那個，在與父親大人還有母親大人談過之前，我有事想問問妳們……挑選未婚夫或是結婚對象的時候，需要考慮什麼條件嗎？妳們是怎麼決定的呢？」

我這麼發問後，大家很自然地看向已有對象的萊歐諾蕾。

「關於這個呢……我只能說是結緣女神黎蓓思可赫菲很認真地幫忙牽線呢。當初是柯尼留斯為了羅潔梅茵大人那般努力的樣子吸引了我。後來，只是剛好我們的魔力量相當，階級與派系也沒有問題，柯尼留斯也願意接受我的心意。」

「只是剛好嗎？」

我聽了完全無法接受，莉瑟蕾塔咯咯笑了起來。

「優蒂特，我想妳再怎麼追問，萊歐諾蕾也給不出更多答案喔。因為挑選結婚對象時的條件，不僅會因各自的階級，也會因各自的家庭狀況而異。」

「那麼莉瑟蕾塔呢？妳是中級貴族，應該比萊歐諾蕾更值得我參考。而且妳已經五年級了，父母親應該也和妳談過這件事了吧？我知道有好幾位男士都對妳提出了邀請喔。」

莉瑟蕾塔擅長刺繡，又很懂得照顧他人。再加上姊姊安潔莉卡是波尼法狄斯大人的愛徒，還與艾克哈特大人訂下了婚約。儘管是中級貴族，與領主一族的關係卻親近到不可思議的地步，因此擁有非常好的條件。

莉瑟蕾塔的視線在半空中游移，思索了一會兒後，手托著臉頰偏過頭。

「我因為是繼承人，有弟弟的優蒂特恐怕沒辦法拿我當參考對象呢。」

「咦？」

「因為我們家只有我與姊姊大人，沒有男孩子。」

莉瑟蕾塔開始說明我與她的不同。

她說一般而言，本會由姊姊安潔莉卡成為繼承人。但莉瑟蕾塔家世代都是侍從，因此早在安潔莉卡選擇了修習騎士課程的那時候起，她就不再是繼承人了。再者，如今她已與艾克哈特大人訂婚，預計成為第二夫人，就算莉瑟蕾塔發生任何不測，也絕不可能重新變回繼承人。所以他們家的繼承人，就只有莉瑟蕾塔一人而已。

相較之下，我們家是代代侍奉基貝・克倫伯格的騎士家族。由於我有弟弟妹妹，因此會希望我盡早結婚離家。我既不是繼承人，所屬派系也沒有特別偏向舊薇羅妮卡派或萊瑟岡古派，因此對於我的結婚對象，不會有太過嚴格的限制。除非是過於反常的怪人，否則只要魔力量與階級相當，父母親多半不會有意見吧。

……即便同樣是羅潔梅茵大人的近侍，又是中級貴族，立場也完全不一樣呢。

「招贅夫婿的時候，我預計以父母的考量為優先。因為我想和父母一樣，夫婦二人一起從旁協助領主夫婦，所以已經拜託過他們，挑選對象時幫我留意這一點。」

莉瑟蕾塔似乎不打算和萊歐諾蕾一樣，與喜歡的人結婚。「原來如此。」我表示理解後，萊歐諾蕾與布倫希爾德則是苦笑說道：「莉瑟蕾塔得扛下不少重擔呢。」

「像我是基貝・葛雷修的女兒，萊歐諾蕾是萊瑟岡古的直系血親，所以親人絕不可能允許我們與韋菲利特大人的近侍，或者是還留在奧伯身邊的舊薇羅妮卡派貴族結婚。」

儘管將來需要與韋菲利特大人的近侍們建立起密切的合作關係，然而兩人表示，目前恐怕還十分困難。

「之後為了印刷業，春天的時候韋菲利特大人會拜訪萊瑟岡古，希望屆時能讓關係有所改善。薇羅妮卡大人垮臺也已經五年了。儘管我們覺得已經過了很長一段時間，但要曾祖父大人與父親大人他們忘記那麼多年來的冷落，五年還是太過短暫呢。」

……看來派系間的隔閡還是很嚴重呢。

會事不關己地這麼心想，很大部分是因為我出生長大的環境吧。在我的故鄉，大家最重視的，就是只存在於克倫伯格的國境門。守衛國境門是克倫伯格騎士的職責，也是我們的驕傲。

或許是因為基貝．克倫伯格並未加入派系間的鬥爭，待在克倫伯格的時候，父母與親近族人也從未因為派系而表現出煩惱的樣子。因此，從小到大我也很少意識到派系的存在。

在我注意到時，薇羅妮卡大人就已經垮臺了，派系間的關係也開始有所改善；羅潔梅茵大人又是不太在意派系的主人，所以我雖是領主一族的近侍，卻直到現在都對派系沒有過多的了解。

……難不成身為領主一族的近侍，我這樣子其實很失職？……啊，不是的，當然我也感覺得到派系之間的緊張氣氛喔！只是不像布倫希爾德她們那樣，常常是繃緊了神經在留意這方面的變化……

我急著向內心在指責自己的聲音解釋。與此同時，大家仍在討論。

「那麼，布倫希爾德也會和莉瑟蕾塔一樣，先是考慮派系，再依父親的考量招納夫婿嗎？妳是基貝．葛雷修的繼承人吧？」

聽見菲里妮這麼問，布倫希爾德露出了模稜兩可的笑容。平常她總會大方又清晰地說出自己的想法，這時卻難得地含糊其辭，回道：

「嗯，如果是繼承人的話，會以父母親的考量為主吧。但招贅也好出嫁也罷，都必須要能為葛雷修帶來益處，這對我來說是最重要的條件。由於未來的夫婿要能夠協助基貝．葛雷修，我無法僅憑個人的情感決定，而且也需要親族的同意。挑選起來並不容易呢。」

基貝的女兒這個身分真是不輕鬆，必須肩負起我難以想像的責任。現在光是發現自己能感知到魔力，我就慌得手足無措，根本無法再去思考將來的結婚對象，更別提如果還得背起身為繼承人的重任了。

「得背負重責大任的人還真辛苦呢。」

想到自己不用背負什麼責任，感覺十分輕鬆，我心懷感謝的同時，也向菲里妮尋求同意。沒想到菲里妮眨了眨嫩綠色雙眼後，緩緩搖頭。

「其實我將來也預計要繼承老家。如今康拉德進了孤兒院，能夠正式繼承那個家的人只有我而已。至少我完全不打算把母親大人與祖先留下來的遺產，就這麼拱手讓給父親大人與約娜莎拉大人。想到這裡，雖然我不像大家得考量父母的決定，但對象也必須是能夠入贅的男性才行呢。」

我頓時遭受到了難以言喻的衝擊，兩眼發直地注視菲里妮。明明年紀比我還小，都還沒有感知到魔力，菲里妮卻已經設想好了將來結婚對象的條件。驚覺自己好像太過悠哉，我漸漸有種被擊垮在地的感覺。

「既然如此，達穆爾完全符合妳的條件吧？他既是次男，也不是繼承人嘛。」

「不過，後來他的魔力量成長到了勉強足以與布麗姬娣大人匹配吧？菲里妮也得努力壓縮魔力才行呢。」

大家都知道菲里妮的心意，異口同聲地推薦達穆爾。被調侃的菲里妮害羞地紅了臉頰，別過視線。

「就算符合我的條件，達穆爾也不會把我這樣的小孩子當作對象嘛……所以，我很希望可以早點感知到魔力。」

「咦？菲里妮想要感知到魔力嗎？」

明明會有周遭突然變得十分嘈雜的感覺，還像在昭告眾人，自己與感應得到魔力的人魔力量相當，讓人既難為情又無法保持冷靜，菲里妮居然想要趕快體會到，我真是不敢置信。

自己根本不會有這種想法，因此菲里妮的發言令我倒吸口氣。但是，菲里妮沒有掩飾臉上的羞赧，堅定地點點頭。

「因為若能感知到魔力，就可以知道自己與達穆爾的魔力量是否相當吧？到時候也能訂下明確的目標，知道自己還要再努力壓縮魔力。而且，說不定也能讓達穆爾稍微意識到我是女孩子。一旦能感知到魔力，想必會有許多事情跟著產生變化，我也希望能夠帶來改變。」

……怎麼辦？就只有我一個人什麼也沒在想吧？

眼看大家對於未來都有各自的想法，我不由得感到焦急。

「能夠感應到魔力，確實是意識到結婚的第一步呢。希望菲里妮能趕快感知到魔力。」

「既然菲里妮已經做好覺悟要繼承老家，那就無法藉由結婚成為中級貴族了呢。今後貴族們仍會在背地裡說妳的閒話吧。挑選夫婿時，一定要謹慎地觀察人品與派系才行呢。」

大家都十分支持菲里妮的初戀，嗓音變得雀躍起來。菲里妮一張小臉通紅，慌慌張張地伸手指向我。

「大家別再說我的事情了。現在應該要討論優蒂特的對象才對吧？」

「……咦？」

「啊，對呢。這場茶會是為了向優蒂特提供意見。」

發覺話題又回到自己身上，我嚇得一驚抬起頭來。只見大家都一臉興味盎然，雙眼發亮地盯著我瞧。

「優蒂特，妳對於結婚對象有什麼要求嗎？」

「結婚以後會回克倫伯格嗎？」

「如果妳有打算和奧黛麗一樣，在育兒工作告一段落後重新回來侍奉羅潔梅茵大人，與貴族區的貴族結婚比較好吧？」

大家接二連三地向我發問，但我一時間根本回答不出來。不知道是因為被大家充滿好奇心的目光注視著，還是因為自己說不出答案，臉頰不由自主越來越燙。

……不要再問了！我和大家不一樣，一點想法也沒有啊！

我在心裡斥責著想要這麼大喊並逃跑的自己，伸手拿起茶杯。我多少也是愛面子的人。身為羅潔梅茵大人的近侍，實在是不想回答「我什麼也沒在想」。

……快點想！想想有什麼辦法可以逃離逼問！

只要能逃離大家的逼問，就算交誼廳內正因為感應得到魔力而變得無比嘈雜，我也願意闖進去。我一邊喝著有些降溫的茶，一邊拖延時間。正瞪著近侍室門扉瞧的時候，忽然有隻奧多南茲飛了進來。原來是在交誼廳指導大家學習的柯尼留斯，請萊歐諾蕾回去支援。

「萊歐諾蕾，柯尼留斯在找妳喔，趕快回去吧。正好關於明年學科的範圍，我也有些地方不太明白！」

「哎呀，優蒂特已經做好覺悟要回交誼廳了呢，不枉我也為妳提供了意見。那我們一起過去吧。」

發現終於可以擺脫追問，我興高采烈地抓住這個機會。然而，萊歐諾蕾也伸出手來抓住我的披風。

……糟糕！失策！

而我終究沒能逃離笑容可掬的萊歐諾蕾的魔掌，半被強迫地回到多功能交誼廳，度過了非常難熬的時光。

不過，或許幸好有萊歐諾蕾的強迫吧。結果比預期的還要快，不過三天左右，我就習慣了能感應到旁人魔力的狀態。

角色設定資料集
椎名 優

馬提亞斯

更改了髮型。從中分變成旁分，並且加上劉海，添加嚴肅正經的氣息。

勞倫斯

更改了髮型。原本的髮型因為與尤修塔斯相似，便讓劉海旁分，並照著香月老師的要求把後頸頭髮加長，以突顯勞倫斯喜歡欣賞女孩子的特質。

羅潔梅茵（冬季禮服）

在椎名老師的提議下，「4-5」封面讓羅潔梅茵穿上了冬季社交界的禮服。這便是老師提交的設計草稿。配上鮮紅的色彩，完成了具有視覺震撼效果的服裝。

奧蕾麗亞

面紗更改成了連臉部輪廓也看不見的材
在書裡插圖無法看見的真實面貌，只有
裡才看得到喔！香月老師也高興地表
「明明眼神兇惡，看起來很為難的八字
好可愛。」

格傑弗里德

本傳中很少登場，仍照著香月老師的要求設計了人物。成果讓香月老師讚不絕口：「怎麼辦，好想增加他出場的次數……」

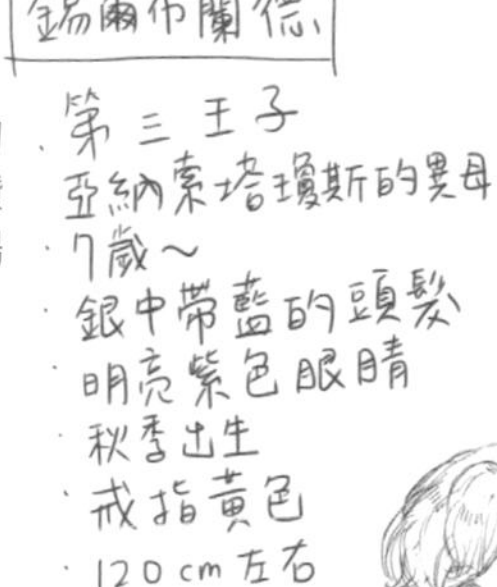

錫爾布蘭德

完全如同香月老師的想像：「看起來就是出身良好的小少爺，天真坦率的感覺也呈現得很好。」

芙麗妲
夏綠蒂

現年13歲的芙麗妲。即使髮型還和以前一樣，還是能明顯看出長大了些的感覺。與夏綠蒂這樣排在一起非常可愛。

雷蒙特

完全如同香月老師的想像：「看起來就是能夠成為瘋狂科學家一員的研究狂。」

阿度爾

一板一眼，言行舉止極有貴族風範。與艾倫菲斯特成年男性侍從所穿的制服相比，造型相當有特色。

羅潔梅茵（茶會服）

配合休華茲＆懷斯的新衣，為黑色服裝添加了領巾等配件，裙襬也有精細的刺繡。

休華茲＆懷斯

兩人的新衣都繡滿了花卉與綠葉圖案。尤其休華茲背心上的複雜花紋，絕對只有椎名老師才想得出來。

勞布隆托

臉頰上有淡淡傷疤，眼神銳利，配上魁梧的體型，渾身散發出強者氣息。雖然沒有著色，但披風是黑色的。

海斯赫崔

香月老師看到設計圖後也稱讚：「感覺如果被他纏上，真的會煩到抓狂（笑）。」設計時雖然沒畫，但其實有披風。

以馬內利

「4-7」的新角色全是大叔。不光虔誠的信徒以馬內利，椎名老師設計起每個角色都能掌握其特徵，由此可知筆下人物的類型之廣泛。

柯尼留斯＆哈特姆特（正裝）

「4-7」的卷首彩頁是畢業儀式的劍舞場景，因此設計了正裝。修改後都把兩人的袖子加長。光是完成圖就有種律動感。

戈雷札姆

五官與眼神都符合香月老師的想像，但原本髮型會與基貝·哈爾登查爾重疊，因此改成了往後梳攏的造型。

阿道芬妮（正裝）

為「4-7」卷首彩頁設計的正裝。頭髮盤起，別上髮飾。玫瑰般的純白花朵在酒紅色頭髮上格外耀眼。

泰奧多

五官與優蒂特十分相像的同時，椎名老師仍能明顯畫出兩個角色的差異，連香月老師也大力稱讚。

麥西歐爾

依著香月老師的想像：「看起來就像是男版的夏綠蒂。」給人溫和又乖巧的印象。

貝兒朵黛

一眼就能看出是布倫希爾德的妹妹，設計功力著實驚人。看得出角色喜歡編髮，請留意辮子的細膩度。

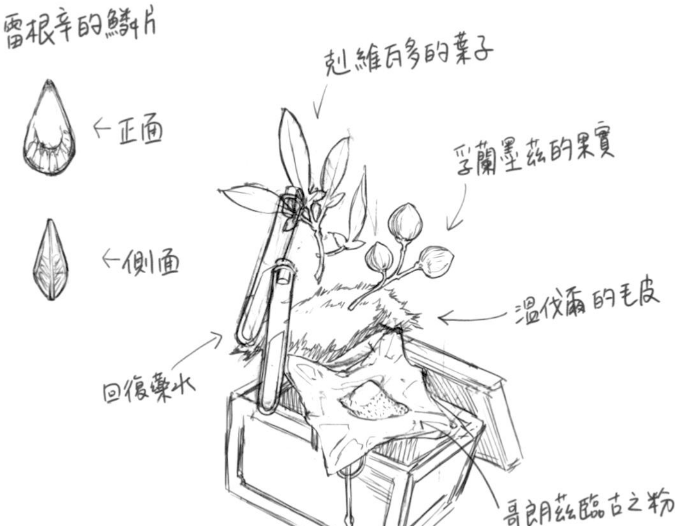

海斯赫崔的戰利品

「4-8」的封面背景因為是斐迪南的秘密工坊，請椎名老師設計了各種物件。香月老師再針對顏色下了指示，也要求回復藥水的容器加上金屬蓋與魔石。只要看了完成圖，就能知道連細節都不馬虎。

神祇設定資料集
鈴華

黑暗之神

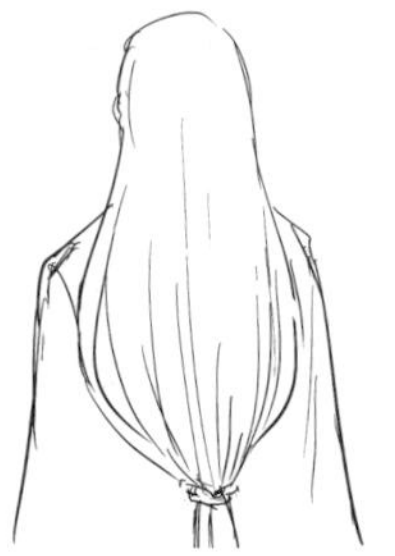

・孤獨感
帶有陰鬱氣質的美男子
・頭髮：貴色黑色
底下會束起來（長髮）

大魔石

成排的小魔石

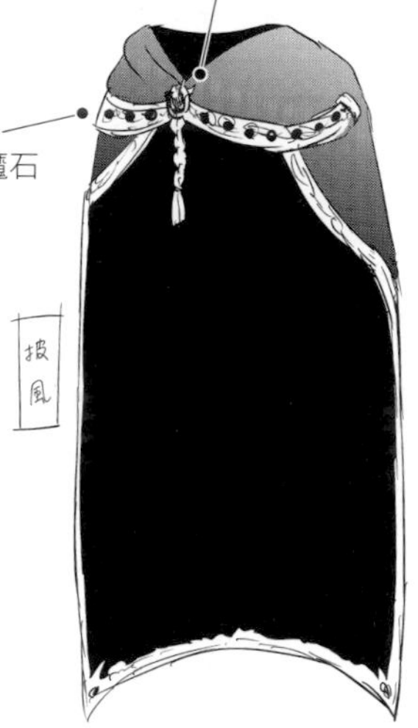

光之女神

・華麗！豪華！
・頭髮：貴色金色
・綴有許多魔石與金色飾品

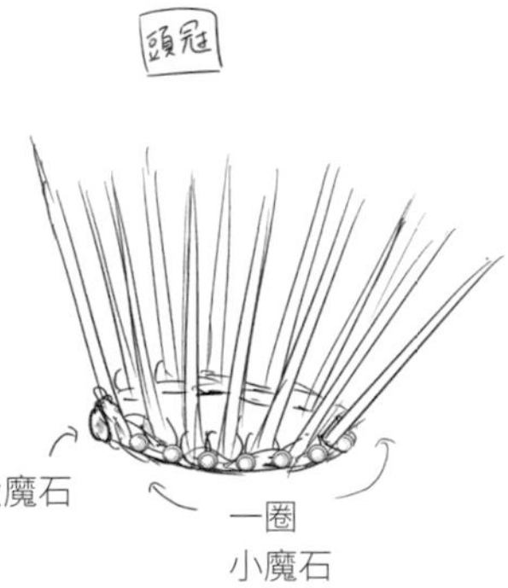

大魔石

一圈
小魔石

用細細的金鎖
固定住

額環與頭冠
是分開的

水之女神
芙琉朵蕾妮

· 整體有著
流水般的柔和曲線
· 帶來療癒的感覺
· 頭髮：貴色綠色

沒有飾品的狀態

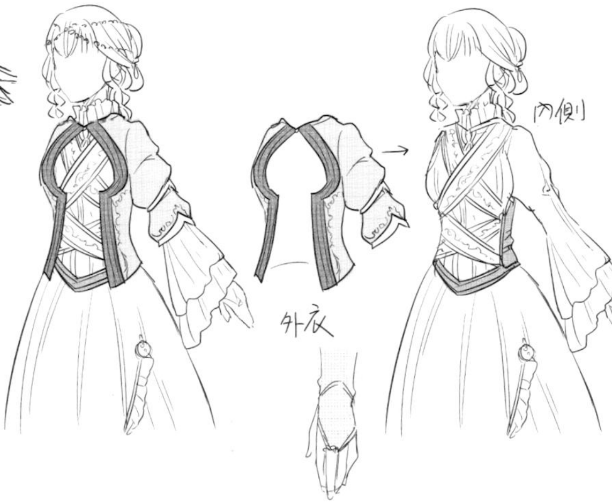

火神
萊登薛夫特

· 熱血
· 戰神的感覺
· 頭髮：貴色藍色

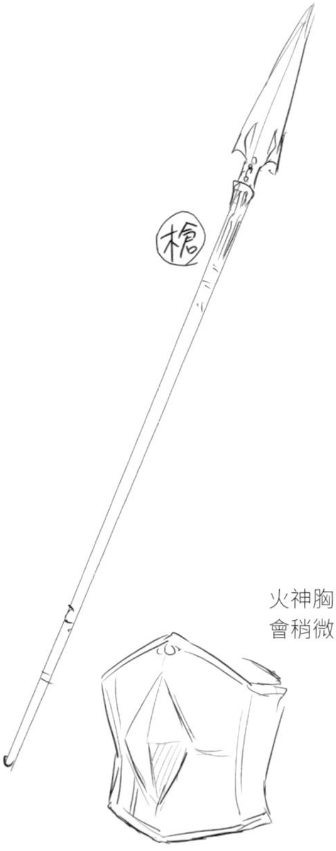

火神胸鎧的菱形部位
會稍微隆起

毛皮固定在
鎧甲上

風之女神
舒翠莉婭

・與其他女神不同，
　高傲型的美女
・因要抵擋生命之神，
　部分衣服就像鎧甲
・頭髮：貴色黃色

漫畫裡頭，為了突顯鎧甲的○部位加了深色效果，但其實只是那部分的材質不一樣。
鎧甲會緊密地貼在衣服上。由於鎧甲是由魔力製成，固定用的零件並未多去留意。

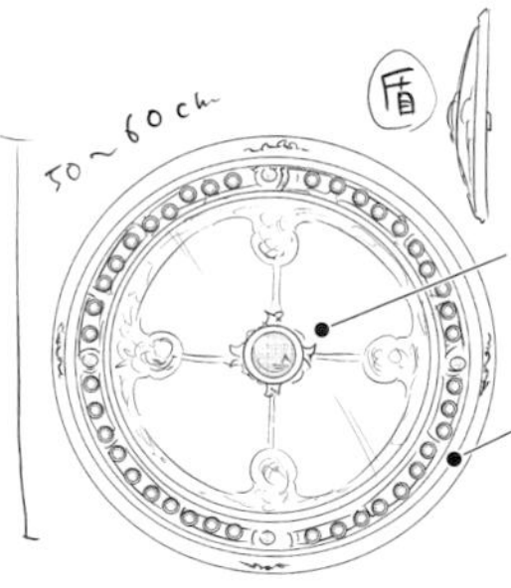

大魔石

鑲有一圈的小魔石
（一半黃色，一半透明）

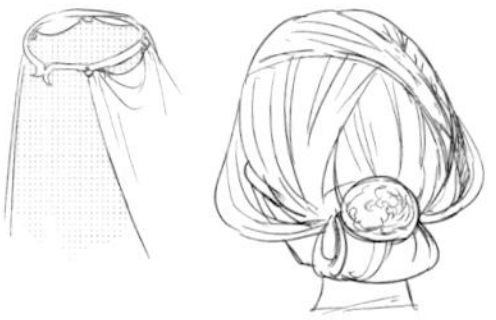

頭髮寬鬆綁起
（沒有頭紗的狀態）
別著圓型髮飾

生命之神
埃維里貝

・病嬌神
・笑臉很恐怖
・頭髮：貴色白色

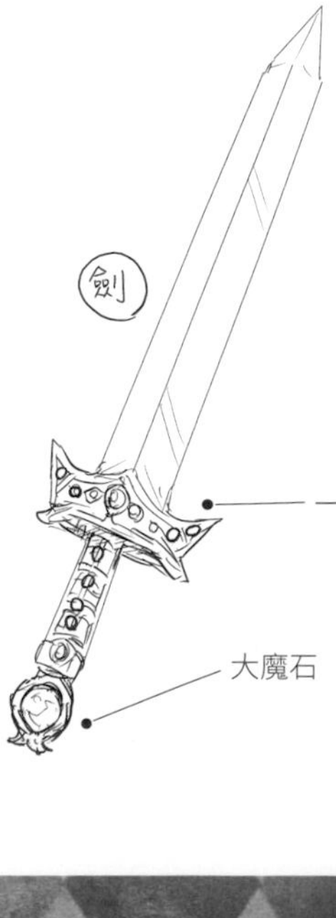

一排小魔石

大魔石

到處掛有叮鈴
噹啷的鍊子或帶子

土之女神
蓋朵莉希

‧體態豐滿、柔和，
總是垂著雙眼
‧有許多耳環與戒指
等飾品（象徵生命
之神的獨占欲）
‧頭髮：貴色紅色

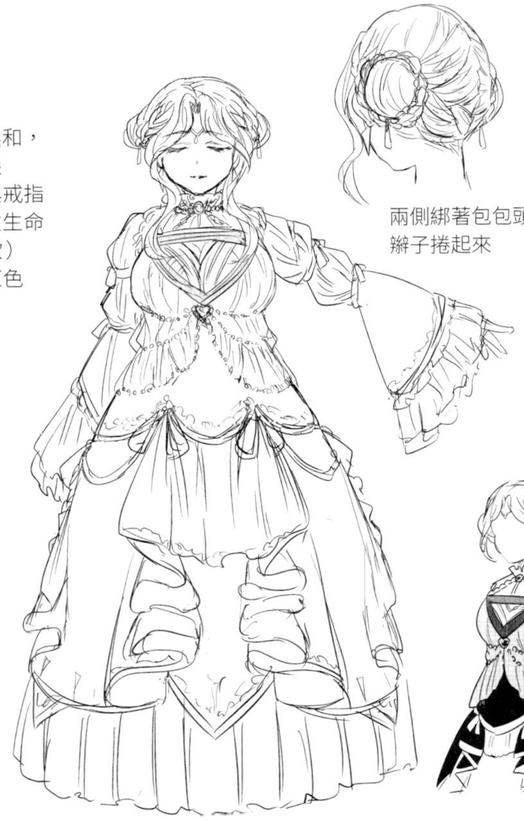

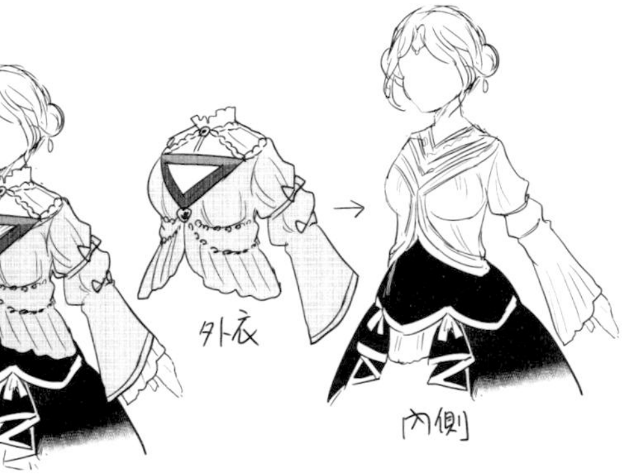

睿智女神
梅斯緹歐若拉

‧頭髮：夜空般的藏青色
‧瞳色：金色
‧為了隱藏年紀，不讓結婚對象
看見，內側的裙子是及膝長度

番外篇
～FANBOOK4全新短篇～
當天來回的出差太辛苦
漫畫：波野 涼
羅潔梅茵獲得了哈塞的小神殿
靠魔法瞬間完成!

那麼接著回義大利餐廳，繼續討論吧。
谷斯塔夫，你怎麼了？臉色這麼難看。
有馬克先生幫忙出的主意，我想不用擔心喔。
請交給我吧。
啊，啊啊……
我擔心的不是這件事。
而是一想到，回程又要坐著騎獸飛在半空中……
咦？難道公會長有懼高症?!

說、說得也是，畢竟平民平常根本不會在空中飛呢。
但不用擔心喔。和過來的時候一樣，咻一下就會回去了。
只要牢牢抓緊柯尼留斯哥哥大人，馬上就到了。
這正是問題所在。
どよよよよ
嗚噢噢噢噢
咦？
在騎獸上可是從頭到尾都得抓著貴族大人!!
偏偏對方又那麼小……不對，是看起來比我輕那麼多，一想到要是不小心拉扯到貴族大人，我就害怕得不得了……!
ズルッ
ヨローッと
擔心當場直接掉下去!
這、這樣子啊。
原來剛才那一副心臟快停了的表情是因為這樣!
呃，那不然請父親大人載你吧？
高大！沉穩！安定！
騎士團長！領主大人的堂哥!!上級貴族!!
噫!
嘰嘰嘰嘰

我明白你的心情，但也不可能你一個人坐馬車回去吧。
會議可還沒結束。
嗚！
乾脆像運行李一樣把我運回去算了。
怎麼看都像在公開處刑!!!
啊，那不然請父親大人用一隻手抱著你吧？
噫噫！
妳是不是玩起來了？

載你的是從羅潔梅茵大人當青衣巫女開始就有往來的貴族大人吧？
至、至少換這一位……
達穆爾
下級貴族
好的，當然沒問題。
凡事講究互相嘛。
……
……算了。
與其要欠你人情……
還不如忍耐……咬牙撐一下……很快就到了……
咦?!

要是那時候有小熊貓巴士就好了呢。

《小書痴的下剋上》廣播劇3　配音觀摩報告

香月美夜

二〇一九年某日，我去參觀了廣播劇第三集的配音過程。由外子帶路，前往要與鈴華老師以及責任編輯會合的地點。與兩人會合後，我在前往錄音室的半路上得知了這項消息：「這次波野老師與編劇國澤老師都無法出席。」枉費我還非常期待會有兩份觀摩漫畫，真是太可惜了。唔唔……

抵達錄音室後，就是打招呼與交換名片……話雖然這麼說，也只有鈴華老師而已。因為我會參觀動畫版的錄製，幾乎和所有工作人員都打過招呼了。

哼哼，這次真是輕輕鬆鬆……我正這麼心想時，赫然發現鈴華老師的名片上竟印著漫畫版《第一部　沒有書，我就自己做！》的第五集封面！

「那是什麼？我從來沒收到過。」

「咦？老師要嗎？但等過一陣子，我就會用第二部的圖片做新名片，到時候再拿就好了吧？」

「我兩種都要。因為很可愛嘛。」

交換完名片，發了劇本後，大家還討論了簽名板的贈送辦法與拍合照的時機等等。工作人員忙碌地進行準備時，我與鈴華老師都在旁邊等候，不敢打擾。

「真沒想到這次會是這樣的陣容呢。太豪華了吧。」

「是啊。而且這次是貴族院篇，好期待近侍們的出場喔。」

這次廣播劇3的故事內容從貴族院二年級入舍開始，主要劇情是羅德里希的獻名。近侍們會以怎樣的聲音登場呢？真是讓人期待得不得了。飾演漢娜蘿蕾&萊歐諾蕾的諸星菫小姐與三名監護人則要晚一點才進行錄製。大家真的都非常忙碌。

「香月老師最好奇的是三名監護人吧。」

「因為他們的年紀正好適合呢。而且在合適的人選中，又能集結到這麼多厲害的聲優，我真是太佩服了。選角負責人的能力真教我吃驚。」

飾演斐迪南的是速水奬先生，齊爾維斯特是井上和彥先生，卡斯泰德是森川智之先生。對於這樣的陣容，責任編輯甚至還跟我說：「往後錄製的時候絕不可能全員到齊，不可能再看到三人同框吧。」

「香月老師，等聲優們都到了，能請妳去打聲招呼嗎？」

「可以啊。不過，我想飾演羅潔梅茵的井口裕香小姐大概已經聽膩了呢。」

責任編輯事先就告訴過我要去打聲招呼，所以這點完全沒問題。不過，為了確認主要角色們的聲線，在此之前我已經參觀過兩次動畫的錄製，每次都會打招呼。也就是說，井口小姐今天將第三次聽到我說：「大家好，初次見面。」

「這點小事不用在意啦。因為大多數人都是『初次見面』啊。請鈴華老師也一起過去吧。」

「咦？我也要打招呼嗎?!這我怎麼沒聽說！而且我跟第四部完全沒關係喔。」

「鈴華老師還要畫觀摩漫畫，怎麼會毫無關係呢。只要說一聲『我負責畫這次的觀摩報告漫畫』，聽起來就像是在打招呼了。」

「到時候我會負責介紹鈴華老師，老師只要說一句『請多指教』就可以了。」

「你們說得簡單，但我還是很緊張啊！」

鈴華老師正按著肚子時，工作人員前來宣布：「所有人都到了喔。」我與不斷發出「噢噢、嗚嗚……」呻吟聲的鈴華老師，一起從控制室前往聲優所在的錄音間。

「大家好，我是原作者香月美夜。先前錄製動畫版的時候，應該有幾位已經聽過我的自我介紹了，但今天因為仍有不少人是首次見面，還是過來向各位打聲招呼。這次廣播劇的劇情因為落在第四部中間，可能很難掌握角色的個性。大概也有不少臺詞十分難唸，但還請多多指教。」

「我是負責繪製第一部與第二部漫畫的漫畫家鈴華。之後還會畫篇報告短漫，但今天純粹是以粉絲的身分在場參觀。」

簡單打完招呼後，暫時回到控制室。但為了回答問題，再次在呼喚下前往錄音間。因為《小書痴的下剋上》有不少獨特用語嘛。像是「您」、「養父大人」、「魔樹」、「貴色」這些漢字的唸法，以及片假名很長的名字重音、臺詞該有的情緒等等，有很多都是工作人員無法回答的問題。

「為了回答問題，我再次跑過來了。請大家儘管發問吧。」

印象中，發問最多的似乎是飾演羅德里希的遠藤廣之先生。因為羅德里希可說是這次廣播劇的第二主角，臺詞量相當多。而且錄製時第四部Ⅵ也尚未出版成書，所以遠藤先生似乎仔細地閱讀過了ＷＥＢ版的內容。

「劇本上寫著『馬提亞斯大人』，可是原著裡頭只叫『馬提亞斯』……」

「出版時會統一加上『大人』，所以這部分請配合劇本。」

飾演羅潔梅茵的井口裕香小姐也提出了不少問題。例如她會指出「○○與的」多了字，我再修改臺詞，或是問我「一時」要唸成「ittoki」還是「ichiji」。

「還有，這邊的禱詞該怎麼朗誦才好呢？既然要上戰場，是用強而有力的感覺嗎？」

「不用到吶喊的地步沒關係，畢竟是向神獻上祈禱。啊，不過，我希望強化武器時與舉行治癒儀式時的禱詞能做出區別。」

此外個人認為，為了練習像在唸咒般複誦角色名字的井口小姐非常可愛。雖然取了那些長長名字的我好像不該為此感到莞爾（笑）。

飾演柯尼留斯的山下誠一郎先生則是問我，為何呼喚羅潔梅茵有直呼名字與加上「大人」兩種叫法。其實這是個人給角色的設定，在宿舍裡比較私人的場合與公開場合會有不同的叫法，還有遇襲時柯尼留斯比較激動的情況下也會直呼名字，但這種細節沒辦法寫在劇本上呢。

「還有關於這裡，柯尼留斯不想讓羅潔梅茵察覺他與女伴的關係，這有什麼隱情嗎？視情況這裡的語氣可能要沉重一些……」

「不，完全沒有。他只是不想被寫進母親們在製作的戀愛故事集裡，雖然對當事人們來說是有些深刻的煩惱，但並沒有什麼隱情。」

而飾演韋菲利特的寺崎裕香小姐，這次同時也扮演舊薇羅妮卡派貴族的孩子。

「請問這個舊薇羅妮卡派貴族的孩子，是男生還是女生呢？方便的話能告訴我年齡嗎？」

「呃……因為會和韋菲利特他們跑來跑去，所以是男孩子。年紀則是受洗後到貴族院入學之前……麻煩請設定在七到十歲之間。」

飾演夏綠蒂的本渡楓小姐則是詢問了有關報告書的唸法。

「請問這裡的『但是，姊姊大人也暈倒了』該用什麼感覺呢？因為是報告書，應該用平淡的語氣？還是要表現出擔心……」

「我希望情緒能壓抑一點，但又透著擔心的感覺。」

飾演達穆爾的梅原裕一郎先生與飾演哈特姆特的內田雄馬先生等幾位聲優，都提出了有關奧多南茲的問題。

「請問，這裡寫成了奧『得』南茲，但應該是奧『多』南茲才對吧？」

「咦？之前檢查劇本時我已經提醒過了，但沒有改過來呢。是奧多南茲才對……說不定之前反應過的其他地方也沒改到。」

聽說發給大家的劇本上仍是奧「得」南茲，但音響監督手上那份劇本已經改成了奧「多」南茲。怎麼會變成這樣呢？真神奇。

如此這般，這次的提問相當多，我想自己應該也多少幫上了大家的忙。唔，雖然也有些回答沒什麼幫助，但這種時候就要使出必殺技，絕招：「放心交給專家吧！」至今我已經參觀過了廣播劇與動畫的配音錄製，見識過聲優們展示的專業能力後，相信他們一定能處理得很好，不用擔心。真是期待呢。

提問結束後就開始錄製。由於三名監護人在序章的臺詞還不少，晚點才要錄製，所以先跳過去錄第一章。首先簡單進行測試，確認角色聲線與劇本臺詞有沒有哪裡需要修改，這些流程都和之前的廣播劇一樣呢。

但是，這次編劇國澤老師沒能出席。也就是說，對於角色的聲線是否符合年紀，以往能夠給出細膩意見的國澤老師不在。

……唔噢噢噢！那誰要來判斷角色的聲音與年紀是否符合?!咦？我嗎?!

「香月老師，羅潔梅茵應該沒問題吧？在我聽來十分符合。」

「之前動畫的錄製是為平民時期的梅茵配音，跟那時候比起來年齡有調高一些，也散發出貴族該有的氣息，所以沒問題。」

飾演羅潔梅茵的是井口裕香小姐。她在「鍊金工房」不可思議系列中飾演普拉芙妲時的演技讓我留下了深刻印象，擅長呈現細微的差異。

「柯尼留斯如何呢？」

飾演柯尼留斯的是山下誠一郎先生。之前廣播劇中飾演柯尼留斯的都是女性聲優，這次是我提出要求說：「柯尼留斯從這次以後就完全變聲了，所以我希望能找男性聲優。」

「我想柯尼留斯的粉絲聽了都會非常心動。」

「不不不，香月老師，我是問聲音ＯＫ嗎？」

「真的依著我的要求成長了呢……」

「好。那就當作ＯＫ。」

優蒂特是同時扮演韋菲利特的寺崎裕香小姐。充滿活力的感覺就和想像中一樣，完全沒有問題。

「寺崎小姐還扮演韋菲利特吧？明明優蒂特的聲音這麼可愛，居然和韋菲利特是同一個人……」

「聲優的聲帶到底是什麼構造呢？」

接著，是飾演羅德里希的遠藤廣之先生。因為是這次的第二主角，聲音給人的印象非常重要，但也沒什麼問題。

「羅德里希也準確表現出了居於弱勢、膽怯又畏畏縮縮的感覺，我個人覺得很符合這個角色……鈴華老師會在意聲音的年紀嗎？」

「作為貴族配角，這種快要埋沒在人群裡的感覺完全就是羅德里希本人呢。我也覺得沒問題。」

腦海中倏地迸出在一大群貴族中，羅德里希慌慌張張險些溺斃的模樣，我不由得噗嗤地笑了出聲。撇開鈴華老師讓人忍俊不禁的評語不說，聲音的表現確實非常符合羅德里希這個角色。

飾演菲里妮的是石見舞菜香小姐。她的聲音可愛到了讓人忍不住在錄製時大喊：「好可愛！」

「菲里妮簡直無可挑剔的可愛。太完美了。」

「雖然很可愛，但會不會與漢娜蘿蕾的聲線重疊呢？漢娜蘿蕾是軟軟的可愛，萊歐諾蕾是凜然堅毅的少女吧？」

「是啊。漢娜蘿蕾是乖巧端莊的可愛，萊歐諾蕾有點秘書的感覺呢。」

飾演漢娜蘿蕾&萊歐諾蕾的諸星堇小姐是在其他日子進行錄製，我也非常期待她的聲音。

接著繼續確認角色的聲線。因為一開始得確認的角色相當多。

飾演達穆爾的是梅原裕一郎先生。雖然很有騎士的威嚴，但因為那句臺詞本來就是在怒吼，若沒有平常的對話，很難判定是否貼合這個角色。但只看這部分的話並沒有問題，所以給出ＯＫ。

不久後輪到馬提亞斯出場，同樣是由梅原先生扮演。雖然陣容表上寫著主要飾演達穆爾，但跟達穆爾的角色比起來，馬提亞斯這角色的臺詞好像更多？因為背景在貴族院，達穆爾不在現場，都只在回憶場景中出現。

「嗚哇，馬提亞斯就是馬提亞斯……」

聽到梅原先生演繹的馬提亞斯，我感覺到鈴華老師的語彙能力完全歸零（笑）。

明明嗓音斯文又溫柔，卻還是感覺得到騎士特有的堅韌。如果有馬提亞斯的粉絲，說不定會高興得忍不住打滾喔？敬請期待。

飾演黎希達的是宮澤清子女士。聽說這位聲優本來是國語教師，退休後才進入聲優學校，然後以聲優出道。她扮演黎希達時，我還心想不論是說明的語氣還是斷句方式都很完美，聽完經歷以後就明白是為什麼了。話說回來，能夠勇往直前地去做自己想做的事情，這種挑戰精神與為此付出的努力實在教人敬佩，必須向她看齊。

「嗯……因為之前黎希達的聲音是非常柔和的老奶奶，感覺這次的比較嚴肅一點呢……」

「但其實黎希達也會負責指導，並不只有溫柔的一面，所以這樣的聲音或許比較剛好呢。不過，香月老師覺得不行嗎？」

「我想這是兩回事……怎麼說呢，感覺就像是比起椎名老師畫的黎希達，更偏向波野老師畫的黎希達。」

「我懂！真的比較像波野老師畫的黎希達！」

判定黎希達的角色沒有問題後，接著是布倫希爾德。是由飾演菲里妮的石見舞菜香小姐同時扮演。

「聽起來感覺不太像布倫希爾德，比較像萊歐諾蕾吧？」

「語氣有點太直接了呢。」

「雖然有貴族千金的感覺，但畢竟是在照料羅潔梅茵生活的侍從，還是希望語氣能再柔和一點。」

僅指正了這麼一次後，儘管聲音還保有著心高氣傲的貴族千金感，語氣卻柔和了許多。石見小姐，太厲害了。

接著是哈特姆特。就某方面而言，可說是這次廣播劇最讓人好奇&最麻煩的男人。就連在附贈的特典短篇裡也讓我傷透腦筋。而飾演哈特姆特的是內田雄馬先生。

「嗯……好像可以再興奮一點……明明是哈特姆特，感覺還不夠讓人發毛。」

「明明是哈特姆特，語氣太冷靜了呢。」

希望聲音可以再陶醉一點、要更有狂熱信徒的感覺——我與鈴華老師毫不客氣地提出了一堆要求。音響監督幫忙包裝歸納後，只向內田先生傳達重點。

「哇噢！現在變成好像哈特姆特的哈特姆特了。」

「好厲害！好讓人發毛！（這是稱讚）」

真想讓這個哈特姆特滔滔不絕地訴說羅潔梅茵的事蹟，但又不想聽。就是這種感覺。太完美了。

飾演韋菲利特的寺崎裕香小姐則是完全符合角色。感覺就是韋菲利特本人的聲音。坦白說，其實根本只顧著感嘆聲音怎麼有辦法跟優蒂特差那麼多，聲線沒有太注意。

「韋菲利特真是無可挑剔呢，完全挑不出任何問題。」

「以同樣標準來看的話，夏綠蒂也是喔。」

飾演夏綠蒂的本渡楓小姐也非常貼合角色。可愛的話聲中仍能感受到強韌的意志，十分符合領主候補生的身分。儘管聲音偏可愛，聲色又與菲里妮的不太一樣，沒有任何問題。

確認完聲線後，接著列出臺詞裡需要修改的地方。聲優們唸過臺詞以後，我才發覺有幾個地方需要修改。例如WEB版的獨白改成臺詞後，有些句子變得像是平民在說話，或是少了敬稱等。由音響監督把該改的地方記下來，前往錄音間告知聲優。

接著進行第二次測試。有聲優大概是練習時一直唸成「托戈勞特」，遲遲無法改回「托勞戈特」；波尼法狄斯這個名字也很難順利地一口氣唸出來；更有人栽在了舊薇羅妮卡派這幾個字上……果然《小書痴的下剋上》的單字都不好唸呢。

井口小姐卡住的時候還會「嗚咦」地小聲哀嚎，這個動作實在很像羅潔梅茵，讓我覺得非常可愛，真是對不起。

重音有錯誤時我也會指正，但這部分音響監督他們實在太厲害了。甚至「重音字典」就擺在音響監督伸手可及的地方，只要覺得有點不太對勁，就會馬上翻開字典確認。而且大概已經查習慣了，確認速度超級快。果然是專家的工作速度。

正式錄製結束後，錄到雜音或是一群人說話時臺詞稍有重疊的地方，都會一小段、一小段地重錄。明明是擷取出來的一小段臺詞，卻都能夠賦予原先該有的情感，聲優們的技術不管看幾遍都讓我深受感動。真是太了不起了。

第一章錄完，開始第二章的測試。

由於又有新角色登場，首先要確認聲線。

休華茲是同時飾演夏綠蒂的本渡楓小姐；懷斯是同時飾演菲里妮的石見舞菜香小姐。兩個人都完全沒有問題。

「聽起來簡直是加倍的可愛呢。真想像這樣子摸摸休華茲他們……」

飾演索蘭芝的，是同時也扮演黎希達的宮澤清子女士。和聲線有些嚴厲的黎希達不同，索蘭芝聽來是非常溫柔又慈祥的老婦人。真難想像是同一個人。聲優改變起聲線根本神乎其技。

「索蘭芝沒問題呢。不曉得洛飛怎麼樣？」

洛飛是同時扮演柯尼留斯的山下誠一郎先生。聲線聽起來判若兩人，如果沒看陣容表，根本不會發現是同一個人。

「我希望聲音可以再年輕一點，或是爽朗一點。現在太嚴肅了。」

「但我覺得現在相當符合角色的形象，嚴肅一點不行嗎？洛飛很嚴肅吧？」

似乎對我的評語感到意外，製作人與責任編輯都表現出了驚訝。洛飛確實是讓人不敢恭維的熱血教師，但我還是希望能再爽朗一點。沒錯，就像網球選手松岡修造先生那樣！

在我聽來，測試時的聲音更像是奧伯．戴肯弗爾格，所以請聲優稍微做了調整。嗯，後來好多了。

「羅德里希的父親比如年紀之類的沒問題嗎？」

「沒問題。聽得出來白塔一事過後他的態度丕變，這點很棒呢。」

飾演羅德里希父親的是竹內想先生。雖然只在回憶場景中登場，但日常生活中對羅德里希說話的聲音，與變得凌厲駭人的聲音可以明顯聽出不同。正因為有這樣的變化，才能同感羅德里希的不知所措。雖然出場次數很少，卻非常重要。

「啊，平常的達穆爾出場了。」

「香月老師，妳怎麼這麼說（笑）！」

一般對話中的達穆爾是溫柔又親切的下級騎士，感覺得出言行舉止稍微有點領主一族護衛騎士的架式了。若有人用這種嗓音溫柔地對自己說話，也難怪菲里妮會心頭小鹿亂撞。揣摩得真好……話說回來，明明達穆爾與馬提亞斯都是溫柔型的騎士，梅原先生還是能將兩人演繹得截然不同，而且還都很迷人，太厲害了。

發表完對聲線的意見後，接著列出要修改以及要注意的地方。

「有些地方的漢娜蘿『蕾』聽起來是不是像漢娜蘿『娜』？」

「第Ｘ頁羅潔梅茵的臺詞，因為和原著不一樣，在劇本裡頭改成了說出來，所以請把『神官長』改成『斐迪南大人』。」

「舊薇羅妮卡派孩子的角色聽起來變成韋菲利特了。請提醒聲優更換聲線。」

「第△頁羅德里希的臺詞，請把『什麼時候都可以』改成『無論何時都可以』。還有，請把『父親』改成『父親大人』。」

「羅德里希說話時的情緒請慢慢堆疊。一開始就太強烈的話，後面會很難表現出層次。」

不光是我，製作人與責任編輯也會提出有哪裡需要修改和注意。音響監督確認過我們提出的注意事項後，再前往錄音間告知聲優。

測試結束後就正式開始錄製。首先錄完一遍，再逐一重錄有雜音或需要修改的地方，這個流程和第一章一樣。一切都進行得非常迅速。

第二章裡有一段哈特姆特與柯尼留斯的對話，那種從小就認識的感覺、互動時熟稔的氛圍都呈現得很好。還有，個人發現當柯尼留斯表現出戀人的那一面時，會讓我心跳漏半拍。搞不好會有人只聽到聲音就愛上柯尼留斯喔？我甚至覺得：「咦？柯尼留斯是這麼有魅力的角色嗎？」山下先生為聲音施加的魔法太驚人了。

內田先生的哈特姆特則是非常哈特姆特。

「嗚哇啊，哈特姆特給人的感覺好不舒服喔（這是稱讚）。」

「我彷彿看到他正一臉陶醉地低頭看著羅潔梅茵（這是最高等級的稱讚）。」

哎呀，真的沒有比這更貼切的讚美了。相信喜愛哈特姆特的粉絲，一定是連同他令人發毛的一面也喜歡。要是徹底去掉了這種讓人毛骨悚然的感覺，大家可能還會生氣地吶喊：「這不是哈特姆特！」這種毛骨悚然感是不可或缺的。

由於遠藤先生是成年男性，本來還擔心他在回想場景中能否演繹八歲的羅德里希，想不到表現得非常好，完全聽得出來是年幼的男孩子；竹內先生飾演羅德里希的父親時，那種蠻不講理的感覺也拿捏得恰到好處。

「老師，還有其他想改進的地方嗎？」

「唔……在錄製嘈雜人聲的時候，劇本上寫著『近侍們一陣譁然』對吧？但其實原著中現場只有黎希達、優蒂特與菲里妮三個人，請小心別混入男性的聲音。」

製作人與責任編輯開始檢查其他頁還有沒有「近侍們」的標註，音響監督繼續問我：「其他還有嗎？」

「還有喔。呃……其實是很重要的事情。」

我翻開劇本，指向自己做了記號的地方。

「第╳頁！柯尼留斯對哈特姆特表現出來的嫌棄還不夠強烈。我希望能像測試時那麼嫌棄！」

「嗯。那就請聲優表現出測試時的嫌棄。」

因此在這次的廣播劇中，可以同時聽到帥氣的柯尼留斯，與嫌棄哈特姆特的柯尼留斯。至於到底有多嫌棄，敬請期待（笑）。

「辛苦了，休息一下吧。」

第二章的錄製結束後，在音響監督的指示下休息了十五分鐘的時間。聲優們趁著這段時間吃點輕食、上廁所，下午要早點離開去其他錄音室的人先在這時留下簽名，各自度過休息時間。

我則待在控制室裡吃點心。這時，鈴華老師拿出資料夾來。

「香月老師，能麻煩妳確認一下嗎？」

「啊，是漫畫版的封面！」

聽見鈴華老師的呼喚，我興沖沖地確認起漫畫版第二部第一集的封面圖。

「畫得真好呢。嗯？可是，書本是不是離開了閱覽桌？書對梅茵來說太重了，她應該拿不起來吧？」

「啊～……因為如果要忠實呈現這一點，梅茵的半張臉都會被書腰擋住。」

「那可不行呢。」

封面上怎麼可以看不到主角的臉呢。有時因為各種因素，就是會無法如實呈現。跟我複述一遍！封面只是想像！

休息結束後，第三章的錄製從測試開始。

「托勞戈特的聲音如何？」

「那種喪失自信的感覺很好呢。」

飾演托勞戈特的是內田雄馬先生。難以想像跟哈特姆特是同一個人。他竟然同時扮演毫無氣勢的托勞戈特與歌頌聖女的哈特姆特喔。聲優真的每個人都好厲害。

飾演見習騎士的是岡井克升先生。是討伐魔獸時登場的群演騎士。

進入第三章後，幾乎所有角色都出場過了，很少有新角色。

「呃……剛才他把『塞』唸成『ㄙㄞ』了吧？麻煩請他改成『ㄙㄜˊ』。」

「第△頁的『你要去哪裡？』請改為『您要去哪裡？』。」

提出了幾個要修改的地方後，測試宣告結束，正式開始錄製。

在這一章裡，飾演羅德里希的遠藤先生在說「都是因為我想要魔石」時由於重音不夠準確，需要多加練習。決定他之後留下來重錄這一段後，大家繼續往下錄。

第三章結束時，三名監護人與我們會合了。這時其實進度已經落後了不少。由於有聲優得馬上趕往其他錄音室，所以大家先拍了合照。聲優們與三位重量級資深聲優互道寒暄時，工作人員忙碌地把椅子搬進錄音間裡，做好準備。我們只是待在控制室裡看著，以免礙手礙腳。

「香月老師，您不一起拍沒關係嗎？」

「因為我不露臉的。」

結果大合照除了飾演漢娜蘿蕾的諸星菫小姐以外，所有人都到了。看來漢娜蘿蕾連在這裡也抓不準時機（笑）。

大合照拍完後，工作人員們開始討論要先錄終章，還是先錄有三名監護人的場景。

「有幾位聲優再過不久就得離開，能不能先錄終章呢？」

「嗯……但資深聲優們的時間也很緊迫。先從他們開始吧。」

最終做出決定的是音響監督。由於連爭論的時間也不想浪費，決定從序章開始，逐一錄製有三名監護人的場景。

飾演斐迪南的是速水奬先生。

「我已經在參觀動畫版的錄製時聽過了，沒有什麼意見。」

「要是有人用這種聲音兇我，我一定會哭。羅潔梅茵居然可以若無其事，心理素質太強大了。」

鈴華老師的感想讓我失笑，但斐迪南的聲音真的渾厚深沉，感覺不管聽幾遍都會忍不住腳軟。而且動畫剛開始播出的時候，斐迪南幾乎沒有出場嘛。所以速水先生的聲音僅僅幾句臺詞就能讓人留下深刻印象，我覺得非常了不起。

齊爾維斯特由井上和彥先生飾演。可能因為角色是領主，聲音太有威嚴了。

「齊爾維斯特的聲音是不是該再年輕一點？」

「與其說年輕，應該要吊兒郎當一點？」

「因為齊爾維斯特雖然是領主，但不是那麼有威嚴的人呢。還請聲優把聲音的年紀再調低一點。」

卡斯泰德由森川智之先生飾演。我只聽過森川先生扮演溫柔角色時的聲音，所以一直很好奇卡斯泰德會如何呈現，沒想到簡直是卡斯泰德本人。

「嗚哇，根本就是騎士團長嘛！好厲害！太帥了！感覺好強！」

「和另外兩人的配合默契也絕佳呢……倒不如說，這三名監護人帶來的壓迫感好大，存在感太強烈了吧。得被他們包圍的井口小姐不會很辛苦嗎？」

「可是，就是羅潔梅茵能把這三名監護人耍得團團轉喔。不覺得光想像就很有趣嗎？」

收到貴族院寄回來的木板，再交給三名監護人的近侍角色是由岡井克升先生扮演。三名監護人則是一邊看著報告書，一邊抱頭苦惱。

「例如送行這類的公開場合，與只有三個人在辦公室裡時，這兩種場合請做出區別。呃……我希望在辦公室裡時，能有認識很久、彼此已經很熟悉的感覺。」

單聽我這樣的要求就能馬上做到，真是太厲害了。不愧是資深聲優。

不過，對資深聲優們來說，片假名很長的名字似乎同樣不好應付。唸錯的時候，會不由得「啊～……」地低吟。此外我還曾接獲消息（笑），聽說資深聲優們曾在等候室裡嘀咕：「獻名、接受獻名的人……唉，感覺不可能一次就唸對。」

但是測試之後，只是稍微提醒了漢字的唸法與重音，幾乎不需要糾正情感的強弱或是演繹方式，錄製一下子就結束了。

與我們會合後才過大約三十分鐘，三名監護人的錄製就結束了。超快。一錄完，三位聲優馬上趕往其他錄音室。百忙之中，真的非常感謝。

資深聲優們如旋風般出現，又如旋風般離開後，接著錄製終章。

我特別提醒的是，獻名時在旁見證的哈特姆特不能蓋過主角羅德里希。原著寫到這裡的時候我也十分小心，因為一不留神，哈特姆特就會搶盡鋒頭（笑）。

多半是幸好提醒過了，錄製十分順利地結束。

終章結束後，大家開始咻咻咻地移動。必須前往下個錄音地點的聲優們相繼離開錄音室。

接下來還要錄製背景人聲，但因為很多人都離開了，近侍們要異口同聲寒暄或是回答的地方便有些人數不足。我還擔心該怎麼辦時，原來會藉由同個場景錄兩、三次，再把聲音堆疊起來，製造出有很多人的假象。音控工作人員的技術真是教人讚嘆。

「好，結束。大家辛苦了！」

音響監督剛說完「結束」，飾演羅德里希的遠藤先生就戰戰兢兢地舉起手來。

「請問，剛才要我多練習，晚點重錄的那一段呢……？」

「啊！我都忘了。」

音響監督——！（笑）

製作人與責任編輯也趕緊翻開劇本，確認還有沒有遺漏的地方。

羅德里希重錄的部分很快結束後，正心想著這下子真的結束了吧？結果換竹內想先生舉起手來。

「請問軋拿斯巴法隆的聲音不錄嗎？」

「還有薩契……」

沒錯，竹內想先生竟然還飾演軋拿斯巴法隆，遠藤先生扮演薩契。看到陣容表的時候我還嚇了一跳，心想：聲優居然要發出魔獸的吼叫聲嗎？

「……嗯～……老師，軋拿斯巴法隆與薩契是怎樣的魔獸？」

「軋拿斯巴法隆的外形像狗或是狼吧？薩契是像貓？」

「沒錯。軋拿斯巴法隆是像狼的魔獸，體型有人類的兩、三倍大；薩契是像貓的魔獸，差不多到成人膝蓋這麼高。」

鈴華老師先回答以後，我再詳細補充。音響監督想了一會兒。

「魔獸還是用效果音效吧。辛苦兩位了。」

「知道了。各位辛苦了。」

遠藤先生與竹內先生都接受了這樣的結果，我卻在心裡淒厲吶喊：「不——！」枉費我還非常期待，不知道竹內先生扮演起軋拿斯巴法隆時會怎麼咆哮！結果居然要用效果音效……太讓人傷心難過了。

就這樣，音響監督開始與錄音師他們討論要怎麼加入效果音，然後像是突然想起什麼，開口問道：

「對了，老師。奧多南茲又是什麼樣子？既然馬提亞斯會坐在白鳥上，應該滿大的吧？」

……咦？馬提亞斯坐在奧多南茲上？

「就是加入效果音時，『啪沙——！』的聲音要有多大……」

音響監督張開雙手，「啪沙——！」地表現出振翅的樣子。瞬間，我彷彿看見了馬提亞斯正一臉認真，坐在巨大的白鳥上衝過來。那幅畫面太過逗趣，讓我忍不住笑出來，但音響監督誤會了。

「不是的，你把奧多南茲與騎獸搞混了。奧多南茲是錄好聲音後能飛向收信者的白鳥魔導具，就跟掌心差不多大。」

「好險！幸好有問。我差點就要用『啪沙——！』來當奧多南茲的效果音了。」

「真是太危險了。我也以為一定是用『啪沙——！』」

錄音師們似乎也把奧多南茲誤以為是騎獸了。他們一邊做出拍翅膀的動作，一邊這麼附和音響監督，動作誇張地大鬆口氣。

我與鈴華老師則是想像了貴族們坐在巨大的奧多南茲上，到處飛來飛去的樣子，忍不住捧腹大笑。也請讀者想像看看吧。波尼法狄斯祖父大人坐在巨大的奧多南茲上面，一天之內有好幾次「啪沙——！」地飛向斐迪南，還不停問他說：「羅潔梅茵現在怎麼樣了?!」是不是會很想笑呢？

「啊，老師。那騎獸的效果音用『啪沙——！』沒問題嗎？」

「用『啪沙——！』ＯＫ。」

聆聽時也請留意一下效果音吧。

真期待廣播劇3的完成。

※此篇配音觀摩報告刊登於二〇一九年六月十日發行的「廣播劇3」之官網，收錄時予以增刪修改。文中內容與日期皆以當時為主。

由於我現在當上神殿長了，
小書痴的下剋上
廣播劇第三輯
配音觀摩報告漫畫
鈴華
鈴華老師，關於廣播劇的錄製……
我要去。（立刻回答）
如此這般，這次我也前往了配音現場參觀。
責任編輯
羅潔梅茵：井口裕香
斐迪南：速水奬
齊爾維斯特：井上和彥
卡斯泰德：森川智之
韋菲利特／優蒂特：寺崎裕香
夏綠蒂／休華兹：本渡楓
柯尼留斯／洛飛：山下誠一郎
哈特姆特／托勞戈特：內田雄馬
達穆爾／馬提亞斯：梅原裕一郎
漢娜蘿蕾／萊歐諾蕾：諸星菫
菲里妮／布倫希爾德／懷斯：石見舞菜香
黎希達／索蘭芝：宮澤清子
羅德里希／伊格納茲：遠藤廣之
※名單省略敬稱
負責第三部漫畫改編的波野老師，
以及編劇國澤老師這次都沒能出席，
眞是可惜……！
對不起～！
為了配合動畫版，聲優也變成全新陣容！
這次一樣非常豪華！
祈禱獻予諸神！
香月老師
我

順便說，三名監護人
監護人三人組
分開錄製
正式錄製
早上
傍晚
與飾演漢娜蘿蕾的諸星菫小姐是錯開時間錄製。
這次也是先從寒暄開始。
之前已經參觀過動畫配音的香月老師顯得從容不迫，
但不擅長站在人前的我，心臟卻是撲通狂跳……（笑）
無止盡的鞠躬
笑咪咪
飾演羅潔梅茵的井口裕香小姐坐在前方，
聆聽時一直是笑容可掬，讓我感到非常安心。
隔著玻璃窗觀看的我
有關語調之類的問題詢問完後，正式開始錄製！
請問靼拿斯巴法隆的語調……
這裡是……
關於「您」「貴色」「五柱」……
加油……
井口小姐演繹的羅潔梅茵，可愛中帶著優雅，
身為第一部&第二部的漫畫版作者，深刻地感受到這個角色成長了呢。
じーん。
感動……
キラキラ
閃閃發亮
不－
不過，臺詞還是和梅茵那時候一樣，讓人會心一笑。
「不──！」的

達穆爾
馬提亞斯
索蘭芝
黎希達
這次的主要舞臺因為在貴族院，印象中不少聲優都一人分飾多角。
而且所有聲優也都能精準掌握每個角色的特徵，甚至讓人忍不住心想：「這些聲音真的是同一個人嗎？」
優蒂特
韋菲利特
就算測試時因為不習慣小書痴的用語而陷入苦戰……
托戈勞……
托勞戈特
斐迪南大人
斐斐斐……
請接受
羅德里
希希希……
我會盡全力
咳咳咳！
哄然
托勞戈特，你沒事吧？！
但到了正式錄製時都改正得非常完美，每次都讓人感動！
職業的技術……
老樣子。
對了，老師，「鞘拿斯巴法隆」是妳自創的名詞吧？
對
我把幾個單字混合起來，創造了新名字。
……大概。
大概。
「斯汀略克」也是星星……加上不知道什麼東西創造的名詞喔。
攪拌攪拌
某種東西
誕生！
不知道什麼東西。
香月老師也是老樣子。

接下來是分開錄製～！
穿插了休息時間，接著是追加的錄製。
三名監護人的氣勢非常驚人！
速水奬先生
井上和彥先生
森川智之先生
シッ……！
彷彿可以聽見這種效果音
轉眼間就能營造出三人非常熟稔的氛圍，實在太厲害了。
她老早就被籠絡了。
唉……
頭好痛……
哈哈哈！
非常發自真心
花了三十分鐘迅速地配完音後，三位聲優便趕往下個工作地點。
職業聲優好強……!!
辛苦了
然後，其他天在同一間錄音室裡，我獨自來參觀了諸星堇小姐的配音。
緊張
不安
萊歐諾蕾是幹練的秘書風，
銳利
漢娜蘿蕾是乖巧端莊的可愛風格。
……由於香月老師之前就說過對兩人聲音的想像，便以此作為根據，請聲優慢慢做了調整。
加油！
最後聲優的演繹也非常完美，
眞期待屆時與其他角色的對話♪
任務結束……
呼！

完

※此篇報告漫畫刊登於二〇一九年六月十日發行的「廣播劇3」之官網，收錄時予以增刪修改。文中內容與日期皆以當時為主。

香月美夜老師Q＆A

2019／7／15～7／22這段期間，曾在「成為小說家吧」網站的活動報告上向讀者募集提問，在此奉上回答。
這次因為回答問題的同時，也在處理第四部IX的出書作業，曾為了書籍的範圍到哪裡陷入混亂。

香月美夜

Q 梅茵在洗禮儀式倒下時，被送去休息的房間在哪裡呢？

A 在貴族區域南邊，下級貴族會使用的一間空房。請看FANBOOK1或漫畫版第二部的平面圖，在「貴族區域最南邊的走廊上，靠中庭那側從西邊數來第二間」。

Q 書裡寫到梅茵是在第二部I最後才知道神官長的本名，請問是真的嗎？侍從們只會稱呼神官長為「神官長」嗎？

A 是的。在斐迪南當上神官長前是叫名字，後來就改稱為「神官長」。前任神殿長拜瑟馮斯在神殿裡頭，大家也只稱呼他為「神殿長」。梅茵大概直到最後都沒有機會曉得他的本名是拜瑟馮斯吧。至於沒有職位的青衣神官好比艾格蒙，就是稱作「艾格蒙大人」。

Q 第二部I斐迪南借給梅茵的手帕上繡有名字，那是他自己繡的嗎？不是的話，為什麼有其他人幫忙繡？

A 在神殿為了不在洗衣這類的過程中與其他人的搞混，都會繡有家徽或名字。只要花錢，就能請到裁縫師幫忙刺繡。斐迪南不會自己繡。

Q 第二部II，神官長曾要梅茵提升教養才能保護自己，然後給了她樂譜練習飛蘇平琴，但梅茵第一次看到樂譜時，並沒有特別表達過感想或疑惑。那個世界的樂譜和我們這裡一樣嗎？

A 差很多喔。但文字與文化都不一樣了，樂譜不一樣也很正常吧？就連鋼琴與日本傳統樂器的樂譜也大不相同，即便在艾倫菲斯特首次看到樂譜時完全看不懂，應該也不需要大驚小怪。尤其梅茵雖然會難過看不懂書，但絕對不會難過看不懂樂譜……書裡也曾有她不會寫樂譜、請人教她的描寫。

Q 討伐陀龍布時，梅茵曾看到有人的騎獸是「長了翅膀的兔子」，代表應該也有喜歡蘇彌魯的女騎士，但梅茵卻沒有特別提及，是因為看不出男女嗎？有規定所有人的全身鎧甲得是相同造型嗎？

A 胸部很明顯的話也許會發現吧。而騎士課程會要求學生製作同樣造型的全身鎧甲。

Q 第三部I的星結儀式上，斐迪南身為不能結婚的神官為何還在會場內走來走去？

A 為了蒐集情報與分散眾人的惡意。他想知道貴族們對於薇羅妮卡的失勢，以及羅潔梅茵被收為養女一事有何反應。再藉著從前最被薇羅妮卡排擠的自己，如今竟大搖大擺地走在會場裡頭，來誘導貴族說自己的壞話，分散他們對羅潔梅茵和齊爾維斯特的不滿。

Q 羅潔梅茵曾說「要把自制找回來」，但她不管是麗乃那時候還是梅茵時期好像都不懂得自我節制，梅茵真的有過自制嗎？有的話是什麼時候丟掉的呢？

A 雖然看在旁人眼裡一點也不覺得她自制，但本人自認為是有的。然後是在第三部I「我不打算再客氣，也不會再節制了。在這個肖像權根本不存在的世界，尊重這種東西就揉成一團丟了吧」這時候丟掉的。

Q 關於羅潔梅茵在首次亮相時彈奏的〈獻予火神萊登薛夫特之歌〉，會有這個歌名是因為曲調嗎？還是和〈愛與勇氣之歌〉時一樣，是因為有人問「這是什麼曲子」？若曾有人問起，梅茵是怎麼回答的呢？

A 是因為有人問起「這是什麼曲子」。她回答：「就是戰鬥後變得更強……然後一定會獲勝？成為最強的人？類似這種熱血的曲子。」結果就變成獻給萊登薛夫特的歌曲了。

Q 洗淨平民區時，羅潔梅茵曾興奮得大力稱讚斐迪南，周遭眾人卻沒什麼反應。他們是啞然失聲呢？還是因為正在工作？還是早就習以為常？（想知道一般貴族的常識落在哪裡。）

A 是啞然失聲喔。不管是天外飛來一筆地建議用洗淨魔法清洗平民區的羅潔梅茵，還是真的加以實行的斐迪南，都讓人不敢置信。另一方面也因為剛施展了因特維庫命，大家也覺得「只要是修習過領主候補生課程的成年領主一族，可能都辦得到吧」。因為不曉得這樣是否正常，所以只是保持沉默。至於非常了解兩人行為根本不合常理的卡斯泰德，早就心想著「我什麼也不想說，隨便你們吧」，看向遠方。

Q 蘭普雷特的星結儀式上，羅潔梅茵視角中她以為是奧蕾麗亞母親的女性是誰呢？因為在奧蕾麗亞視角中，曾明白寫到她的母親已經去世。

A 是奧蕾麗亞父親的第一夫人。

Q 有一次即使沒有下訂單，多莉還是準備好了圖書委員的臂章，是因為梅茵曾說「要送給朋友」，她覺得給朋友的東西應該準備多一點，所以先幫忙做好的嗎？

A 是的。因為多莉自己有很多朋友，她覺得「臂章這麼少哪夠呢」。

Q 羅潔梅茵曾把身邊的人比喻成各種事物，那夏綠蒂會是什麼呢？

A 會是什麼呢？既可愛又珍貴，只是看著就能讓人產生想要努力的動力……像是正裝時佩戴的精美飾品吧？會覺得自己的言行舉止也要足夠優雅才有資格佩戴、要付出足夠的努力才有資格觸摸，夏綠蒂在羅潔梅茵心中大概就是這樣的存在吧。

Q 羅潔梅茵即使升上二年級，在大家通過所有考試前還是不能去圖書館嗎？但一年級時才因為韋菲利特的提議把大家拖下水，況且也已經成立了成績向上委員會，應該沒必要禁止她去圖書館吧？

A 二年級時的條件並不是所有二年級生。就只有羅潔梅茵一個人與一年級時一樣，修完課前不能去圖書館。因為領主候補生不能獨自前往圖書館，加上她也贊成監護人與近侍的看法，擔心一旦開始去圖書館會荒廢課業。

Q 羅潔梅茵在秘密房間裡與斐迪南討論聖典上的魔法陣時，萬一她說自己有意成為國王，斐迪南會怎麼做呢？

A 斐迪南自身即使不與羅潔梅茵為敵，仍有很多方法可以採用，所以羅潔梅茵恐怕在奉獻儀式快要結束時就會登上通往遙遠高處的階梯吧。

Q 第四部Ⅶ〈茶會對策〉裡，羅潔梅茵、夏綠蒂與漢娜蘿蕾在討論戀愛故事的時候，夏綠蒂說的「就算失敗也不氣餒的見習騎士」，是以誰為參考原型呢？

A 是海斯赫崔。

Q〈在涼亭的相會〉裡，黑暗之神張開披風覆住光之女神的舉動具有怎樣的涵義呢？是一般的擁抱或靠近對方這類的意思嗎？

A 端看當時的情況與聽到的人擁有多少性知識而定，每個人都不相同。

Q 第四部Ⅶ〈迪塔比賽〉中，描寫到比賽剛開始時漢娜蘿蕾對斐迪南發動了物理攻擊，那她究竟丟了什麼東西？另外她是用手投擲的呢？還是有可以投射的工具？

A 雖然羅潔梅茵的角度看不到，但漢娜蘿蕾是使用了優蒂特曾用過的彈弓，射出魔導具。

Q 領地對抗戰上出現靶拿斯巴法隆時，斐迪南對於羅潔梅茵施予的魔力沒有任何抗拒反應，旁人不會覺得很奇怪嗎？

A 抗拒反應只有接受魔力的斐迪南才感覺得到，旁人是感覺不到的。況且羅潔梅茵只覺得自己是用魔力在清洗黑色汙泥。加上靶拿斯巴法隆是罕見魔獸，旁人雖會心想：「原來需要先洗淨嗎？」但對於治癒行為不會產生疑惑。

Q 孛克史德克舍裡轉移陣上的痕跡，必須要修習過領主候補生的課程，還是魔力得比施術者或隱匿行蹤者更高才有辦法發現嗎？

A 需要修習過領主候補生的課程，以及能夠發現細微差異的觀察力。因有賈鐸夫的報告，亞納索塔瓊斯他們前去確認時才會發現，否則很有可能不會注意到。

Q 舊孛克史德克舍裡的轉移陣雖然發現了使用過的痕跡，但孛克史德克的基礎仍是遺失狀態嗎？代表使用轉移陣的，是前任奧伯·孛克史德克在政變前給予了許可魔石的人們嗎？還是說出現了重新將基礎染色的人？抑或只知道「有人使用過」，除此之外還一無所知？

A 基礎的所在位置仍下落不明。中央騎士團調查後只知道，這場襲擊的主謀是持有許可魔石的人們。至於許可魔石是前任奧伯親手交給他們的，還是幾經轉手落入恐怖分子手中，這還不得而知。

Q 第四部Ⅶ改寫為現代語的史書，類似於把日本的古籍或漢文（若不懂特有的表達方式與規則，就無法立即看懂）譯為現代語嗎？還是類似於把據說是日語源頭的中文譯成日文那麼難？

A 依年代而定。戴肯弗爾格因為是尤根施密特中最古老的領地之一，類似於把用萬葉假名寫成的原文譯為現代語。

Q 羅潔梅茵翻譯的史書相當受到好評，那與戴肯弗爾格領主一族所做的改寫果然不一樣嗎？

A 戴肯弗爾格的人向來認為，為了學習就該讀原文！所以簡單易讀的現代語版本十分受歡迎。

Q 關於平均身高，會因為領地或身分（伙食量？）而有明顯差異嗎？

A 領地之間並沒有太大的差異，但貴族與平民大約相差了七到八公分。貴族的平均身高會比平民要高。平民中個子算高的昆特與班諾，差不多是貴族的平均身高。

Q 第二部裡多莉與梅茵曾做過布偶，那多莉縫製的類似白熊的動物是真實存在嗎？

A 只是梅茵看到做好的布偶後覺得很像熊而已，也有可能與實際模樣截然不同。

Q 飲酒有年齡限制嗎？

A 並沒有特別規定。

Q 雨果的前女友現在是什麼想法呢？

A 並沒有什麼想法。雨果不過是她交往過的幾個對象之一，早已經是過去式，不特別提起的話根本不會想起來。很快與符合自己條件的人結婚後，過著平凡的生活。

Q 古騰堡夥伴與專屬們全部識字嗎？

A 並非所有人。鍛造工坊的約翰與薩克只學了可以看懂設計圖的單字，海蒂更是材料的名字以外其他都沒興趣。

Q 用金屬活字印刷時，一行的字數與一頁的行數應該是固定的，那艾薇拉等作者們在寫故事的時候，會為了配合格式而使用某種特定用紙嗎（例如四百字稿紙之類的）？還是隨心所欲寫完故事後，交由印刷工坊編排？

A 目前是由印刷工坊進行編排。

Q 伊娃所屬的霍伊斯工坊，老闆與伊娃有近親關係嗎？看到她突然就選走品質能為領主一族製作衣裳的高級白色布料，而且還帶回家，嚇了我一跳！當然我想應該是得到了許可，但能夠帶走相當於工匠不知幾年份薪水的布料，應該有滿深的血緣關係吧。請問是這樣嗎？

A通常會被介紹進來的，都是親戚這類有某些關係的人，因此工匠所開的工坊確實很容易員工都是親友。此外，伊娃當然有得到許可。不過，會織布的工匠本來就偶爾會把高級絲線帶回家，之前即使梅茵把高級的絲線帶回家給多莉與伊娃做髮飾，也沒有任何人感到驚訝過，所以其實這件事不用太過吃驚呢。

Q昆特家的生活水準在伊娃被選為文藝復興以後，比起左右鄰居應該提升了不少吧？

A確實提升到了本該更換住處比較好的水準。

Q路茲家因為養雞，所以能以物易物換到雞蛋，但規模應該不可能和日本的養雞場一樣，那請問是怎樣的規模呢？不會產生惡臭問題嗎？如果是以前的平民區，就算有臭味可能也沒關係，但現在應該不行了吧？況且現在實質上是由卡蘿拉一個人在打理整個家，應該會很吃力，所以果然是換去其他地方了嗎？

A還是和以前一樣養在閣樓。不過，養雞的不只路茲家而已。也有人家在養豬，還有負責屠宰的肉舖。與其說惡臭，更像是日常生活會有的異味吧。就算隨地傾倒的糞尿消失了，生活方式還是和現代日本不一樣。還有，雖然提問中說實質上是卡蘿拉一個人，但請別忘了拉爾法的存在。他還在喔。差不多到拉爾法結婚的時候，就會有其中一個兒子開口說要與父母同住。

Q有魔力的貴族死後會化作魔石，那沒有魔力的平民死後是直接留下遺體嗎？舉例來說莉絲小姐的魔石是如何保管的呢？

A除非是戰死之類的特殊情況，否則貴族死後遺體也會保存一段時間。貴族的喪禮就是從遺體中取出魔石，由青衣神官持生命之劍進行這項儀式。因此只要不取出，就無法把魔石留存下來。莉絲的魔石則是回到了蓋朵莉希的胎內。

Q在神殿多少有些魔力的孩子與青衣神官過世後所留下來的魔石，會由老家收回，還是為神殿所用呢？

A青衣神官的魔石會由老家領回；若老家拒絕領回，便成為神殿的所有物。

Q故事裡曾說貴族死後會變成魔石，平民也是嗎？倘若貴族與平民的情況不一樣，那梅茵死後呢？

A平民也並非毫無魔力，只是淡薄到了不足以形成魔石。而梅茵的魔力量在貴族當中也算高，因此會形成相當大顆的魔石，而且盈滿了壓縮後的魔力。

Q青衣神官中，有沒有人曾偷偷地把灰衣巫女與自己生的孩子納為侍從？

A雖然非常罕見，但並非完全沒有。

Q從青衣神官變回貴族的人們舉行過首次亮相嗎？是只在親人之間舉辦？還是完全沒有？還是會出席冬季的首次亮相？也很好奇如果當時還未成年的話，是從哪時候開始與其他孩子會合的呢？

A是以新的貴族一員之姿，在大禮堂與該年受洗的孩子們一起首次亮相。因為若不明確昭告屬於哪個家族，很有可能在往後造成問題，而且也需要向眾人展現出舉止儀態符合貴族身分的樣子。

Q未以貴族身分受洗的青衣神官及青衣巫女，還有魔力與身分不符、成了下人的血親等等，他們的身分算是平民嗎？那洗禮儀式與登記證的保管是如何處理？

A身分上有貴族也有平民。青衣神官及青衣巫女因為收穫祭等祭祀活動，會獲得領地給予的物資，也有撥給神殿的補助金等等，所以進入神殿前都會先舉行洗禮儀式，明確與家族的關係。而洗禮儀式上測量魔力時，能讓魔導具發光就算是貴族，若魔力不符合家族地位的話就會視為平民。日後也許有機會回到貴族社會的孩子一定會舉行洗禮儀式，但如果毫無可能性，在成了下人的血親中，有些人甚至沒有舉行過洗禮儀式也沒有戶籍。

Q下級貴族如果魔力越來越少，甚至一出生就完全沒有魔力的話會降為「平民」嗎？假如雖然出生在貴族家卻毫無魔力，連在家裡當下人幫忙發動魔導具也沒辦法，也沒錢送去神殿當青衣神官或巫女的話，這種情況會怎麼做呢？

A沒有魔力的人無法成為貴族。雖然也能成為平民，但可能會沒有戶籍。倘若演變到自己的大半孩子都沒有資格成為貴族，將來整個家可能會消失。最妥善的解決辦法，就是從貴族區搬到基貝的土地，讓魔力不足的孩子以平民身分受洗，慢慢地融入平民的生活裡。若想繼續住在貴族區，就得從血親當中收養有資格成為家主的孩子。但家主如果無法正視自己血脈的魔力正越來越薄弱，執著於想要留在貴族區的話，最終將導致整個家衰亡。

Q書裡曾有過暗中將名字從梅茵改為羅潔梅茵的情況，那有可能正式地改名嗎？如果可以改名，需要辦理怎樣的手續？

A是指把非常奇特的名字改掉的情況嗎？在還沒受洗之前，因為尚未辦理任何登記，要改名非常簡單。若是在就讀貴族院之前，只需更改領內已辦理登記的名牌，因此有領主的許可就能改名。但除非有什麼特殊理由，否則很難取得許可。若再等到貴族院入學後，要更改已在中央完成登記的名字更是需要國王的許可，難度也就更高。要國王只為了一個貴族去處理這種瑣事……雖然不是不可能，但得到許可的可能性極低。

Q想知道羅潔梅茵若以身蝕身分成為卡斯泰德的養女，會和現在有什麼差別？以及不管正式與否，貴族院曾有過身蝕入學的紀錄嗎？

A既是以卡斯泰德的養女之身分入學，自然不會留下身蝕的紀錄。倘若芙麗妲在受洗前就由某個貴族收養，或許會算是以身蝕身分入學，但說到底仍是以貴族的養女身分入學，所以不會留下這樣的紀錄。

Q關於前任孤兒院長瑪格麗特。既然她曾使用秘密房間，代表似乎擁有貴族才有的戒指，代表曾以貴族身分受洗嗎？

A 除了經濟考量無法以貴族身分養育長大外，她的父親也另有其他目的，所以將她送進神殿當青衣巫女。但因為魔力量勉強足夠，擁有貴族才有的戒指。因此政變後，青衣神官與青衣巫女皆返回貴族社會之際，老家也曾開口要她回去。只不過因為在神殿素行不良而回不去……

Q 領主的第一夫人若是他領出身的領主一族，為免母親的出身領地對孩子帶來太多影響，會限制他們見面的時間嗎？

A 不會。孩子直到洗禮儀式之前，都會待在母親身邊撫養長大。像薇羅妮卡那樣把韋菲利特帶走的情況並不常見。

Q 作品中曾數次出現「奶娘」，但既然是貴族，我想「母乳」應該也含有那個人的魔力，所以會餵給孩子「別人的母乳（奶娘的母乳）」嗎？（但應該會感到排斥吧？）這點讓我很疑惑。不過，「奶娘」好像不一定是指「代替母親哺餵母乳」的人。那麼在這個世界，「奶娘」是指怎樣的存在？

A 是指深受母親信賴、在孩子受洗前陪在其身邊的教育人員。由於幾乎一起生活，稱得上是另一個母親。

Q 像哈特姆特在提交日期之前，總會像編輯一樣批改羅德里希的文章，檢查錯字漏字；那麼對於羅潔梅茵大人與艾薇拉大人這些撰寫者們，也有人會負責修改她們的文章嗎？

A 之前羅潔梅茵印製書籍的時候，是由羅潔梅茵工坊裡的人負責檢查。當然也有人會負責檢查艾薇拉她們寫好的文章。目前這是印刷工坊的工作。

Q 以前羅潔梅茵大人曾在小海報印上出處，那繪本與故事集也有版權頁嗎？順便想問一下，繪本與受到好評的故事集想必會再版，那會不會標註是第幾刷呢？另外是否會把日本的習慣普及開來，像是宣傳下一集或同系列的作品？

A 當然會囉。因為版權頁有著基本的書籍資訊，而且也有助於分類。不過，宣傳就不一定了。除非有非常充足的紙張與墨水，否則應該不會額外印這些。

Q 是否就連貴族也不知道自己確切的出生日期？這世界沒有慶生的習俗嗎？

A 沒有。頂多在洗禮儀式與成年禮這些人生的重要階段，在誕生季節慶祝一番。

Q 請問從何時開始算是十歲，有資格進入貴族院就讀？

A 冬季社交界剛開始時，會舉行洗禮儀式並贈予披風。從春天到冬天出生的孩子會就讀同個年級。

Q 面對初次見面的貴族，有辦法在談話前就透過外表之類的線索看出對方的階級嗎（例如日本學校是每個年級的校內鞋顏色會不一樣）？還是沒有明確的根據，得透過對方身上衣物的品質或言行舉止來判斷？

A 貴族無法從外表來判斷階級。正因如此，在了解對方的領地、階級與人際關係之前，無論對誰都要恭敬有禮。舉例來說，菲里妮雖是下級貴族，但若中級貴族對她太過無禮，同為近侍的上級貴族有可能會出面制止。

Q 像初任基貝．葛雷修與卡斯泰德等人都是不再擁有領主候補生的頭銜，直接降為上級貴族，那如果是由上級貴族收為養子，會有更好的影響嗎？

A 成為養子不一定比較好呢。因為待遇多半會因收養方而有所改變，也要看收養的目的是什麼。但不論是聯姻或被收養，要讓地位下降都是比較容易的，想要提升地位卻很難。

Q 領主候補生畢業後若降為上級貴族，一定會成為基貝嗎？

A 並非如此。大多會留在城堡工作，輔佐領主。

Q 請問就算是在貴族院的男生宿舍，正值青春期的男孩子也會聊些女孩子們聽了只想偷翻白眼，並且快步走開的八卦嗎？

A 這個嘛，自然是有不少。畢竟正值這種年紀。

Q 貴族院的老師很多都單身嗎？

A 是啊。可能是因為中央貴族集結了不少怪人吧。甚至有女性是因為不想奉父母之命結婚才成為中央貴族，所以單身的人還不少。

Q 使用轉移陣前往貴族院時，奧伯一定要在場嗎？讓人能前往貴族院的魔力由誰負擔？

A 轉移廳完全關閉時，一開始必須由奧伯開門，但打開之後就不需要一直待在現場。況且所有學生要前往貴族院得花上大約一週的時間，不可能一直待著。但轉移時需要奧伯的許可，因此會把許可魔石交給守在貴族院轉移廳的騎士等人。至於轉移所需的魔力由轉移者負擔。

Q 守在貴族院轉移廳的騎士們，是由專門負責這項工作的人員輪班，還是由所有騎士輪流（比如過了一定時間就換下一隊）？因為描述中沒有提到披風顏色，我想應該是隸屬艾倫菲斯特，那麼是在哪裡生活？

A 是由所有騎士輪流。基本上是在艾倫菲斯特生活，利用轉移陣前往工作地點所在的宿舍。

Q 騎士戰鬥時會用思達普變成武器，那再變出盾牌時是用魔石或其他工具嗎？

A 兩者皆是用思達普變成。騎士課程會學到變出方式。

Q 升級儀式上致辭的「位高權重的人」地位有多高呢？

A 是貴族院的一位老師。由於不負責指導羅潔梅茵這個年級，羅潔梅茵並不認識。

Q 貴族院就連教職員之間也要注意領地排名嗎？

A 偶爾有些人做事時會在意領地排名，但其實教師們不受此限制。

Q 我想修習騎士課程時應該經常有學生受傷，那騎士樓附近有沒有保健室呢？有人受傷時，在想成為醫師的見習文官眼裡，他們會不會成為實習的犧牲品呢？

A 這世界沒有保健室，但有救護室，有些人確實會成為救護室老師與其弟子的實驗犧牲品。好比達穆爾這種地位的見習騎士，因為無法自己施展治癒也沒有錢購買回復藥水。

Q 在戴肯弗爾格，沒能成為騎士的學生們為何不同時修習文官&騎士，或者侍從&騎士兩個課程呢？上級貴族的魔力應該可以同時修習兩個課程，戴肯弗爾格的人也有足夠的熱情願意這麼做吧？

A 因為領地並不允許。能夠成為騎士的人數是固定的。在戴肯弗爾格，想成為騎士的人若沒能通過選拔，只能不得已地成為尚武的文官或侍從。他們要是同時修習兩個課程，想也知道一定會往騎士課程投注更多心力。為免熱情往不好的方向失控，在日後引起麻煩，所以不允許學生修習複數課程。算是領地特色所衍生的規定吧。但即便沒通過選拔，也能在宿舍與見習騎士們一起參加訓練。

Q 我很好奇羅潔梅茵一年級時的新生歡迎會。是所有學生都要參加嗎？那所有舊薇羅妮卡派的學生都負責接待羅德里希嗎？

A 基本上所有學生都要出席歡迎會。而且因為高年級生的人數絕對更多，所以不可能有新生無人接待。即使要抽籤也會決定負責人。

已是近侍的人會負責接待自己的主人。像韋菲利特就是他的近侍，而羅潔梅茵除了柯尼留斯與安潔莉卡外，尚未決定其他近侍人選，因此會由像柯尼留斯與安潔莉卡這樣的親族，不僅值得信賴也有意成為近侍的人負責接待。

除此之外，負責接待的人也會因派系而有不同。菲里妮是中立派，羅德里希是舊薇羅妮卡派，韋菲利特的近侍格雷果是由同為近侍的同僚接待。

Q 沒有思達普似乎就無法準備獻名石，那接受獻名的人也必須要有思達普嗎？

A 只要已經受洗、能夠操控魔力，就能接受獻名。雖說並沒有未持有思達普就接受獻名的前例……

Q 關於獻名，魔力高的人能向魔力低的人獻名嗎？

A 是有可能的，只是要束縛對方的名字會很吃力，獻名者也得忍受極大的痛苦。

Q 關於畢業儀式的奉獻舞，倘若領主候補生有男生或女生人數不足，會有人得去跳不同性別的神的位置嗎？

A 跳奉獻舞時絕對不能不同性別。會由五年級生遞補。

Q 畢業儀式的奉獻舞似乎有候補，可是最終那些候補並沒有上臺表演的機會吧？雖然以候補的身分做了準備，但最後是和沒獲選演奏樂器的人們一起合唱嗎？

A 是的。因為是候補，並沒有上臺表演的機會。最後會負責合唱。

Q 故事中除了戒指外，還有項鍊與手環，不知道尤根施密特裡有沒有夾式或針式的耳環？

A 首飾都是魔導具，所以確實也有耳環類的飾品，但常見的都是比針式耳環易摘、也比夾式耳環不容易掉的耳扣式耳環。

Q 想知道尤根施密特的正裝是什麼樣子？尤其很好奇飾品類。

A 在日本不管是出席婚禮、婚宴後的輕鬆派對、喪禮還是畢業典禮等等，都要換上不同的正裝。同樣地在尤根施密特，也會依身分、職業、地點與宴會目的而穿上不同的正裝。比如帶有貴色的正裝、貴族院的黑色服裝、要不要有披風……都得根據當下情況。

此外，除了左手中指上可說是貴族證明的戒指，以及已婚與已訂婚的女性需要戴項鍊外，其他飾品完全是依個人喜好。畫成插圖時除了一定要有的飾品外，我也不會特別再去描寫或提出要求，因此其他飾品往往就被省略了。

Q 尤根施密特規定女性未成年時得放下頭髮，成年後得盤起頭髮，那有沒有人會剪短髮呢？另外，也很好奇過長的頭髮會怎麼整理。平民的話是家人間幫彼此剪頭髮，貴族是侍從幫忙整理嗎？

A 最短也還是會超過肩膀。至於頭髮的整理方式就如讀者所說。

Q 看插畫，披風的尺寸似乎各有不同，那假如一開始獲賜的披風已經不符合自己的身高了，只要申請就能拿到新披風嗎？

A 贈予只有一開始而已。之後要自行購買。

Q 羅德里希在描述軔拿斯巴法隆的外形時，曾說「和普通犬隻一樣在正常位置上的眼睛」，但貴族會養一般的小狗嗎？因為作品裡只有平民區的酒館出現過小狗，所以十分好奇。

A 就算是貴族，也不會都只養魔獸。也有貴族會養一般的小狗。

Q 克拉麗莎求婚時，曾釋出魔力強制性地（笑）確認雙方的魔力是否匹配，當時是在檢查魔力量嗎？還是說就連屬性也可以大概知道？

A 是在確認魔力量。此外，雖然無法明確地知道屬性，但可以感覺到像是對方魔力的波長、硬度或色調之類的，魔力的特性與自己是否合得來……藉此知道自己接受對方的魔力時會不會感到抗拒。

Q 關於男女可以結婚的魔力差異，若假設自己是一百，那對方要在多少以內才有可能結婚？

A 我從來不曾轉換成數字，所以也不清楚呢。只要能感知到對方的魔力，都是可以結婚的對象。範圍大概是七十到一百三十之間？

Q 如果藉由牽手與交換體液可以重疊魔力，那也可以用這個方法吸收他人的魔力，恢復自己的魔力嗎？

A 若像變出思達普那樣把魔力集中在掌心再互相觸碰，就可以直接觸摸到魔力，但只是普通牽手的話並不會發生任何事情……這件事姑且不說，總之要吸收他人的魔力來恢復魔力是很困難的。因為若不加以染色就會像卡了異物一樣，儘管體內的魔力量增加了，卻會感到非常不快。倘若是徹底染上彼此顏色的夫妻，或是未婚子女以及有血緣關係的父母，倒是可能辦到。但除非是處在沒有回復藥水、一定要想辦法先留住性命的緊急情況下，否則一般不會用這種方法恢復魔力。通常還是喝藥水。

Q 魔力配色只會檢測兩人的魔力量是否相當嗎？或者既然是配色，也會檢查屬性，再加上想讓孩子有越多屬性越好，所以對方最好擁有自己沒有的屬性嗎？

A 魔力配色指的顏色，與為魔石染色後的整體屬性色不同。魔力配色最重視的是魔力量是否相當，並且會測量雙方的魔力能融合到什麼程度、染色時會產生多大的抗拒。測量時是使用鑲有魔石、外觀像長方形板子的魔導具，鈕釦般的小魔石鑲在短邊。雙方各自要用手觸碰那些魔石，注入魔力，然後根據魔力被吸走的速度以及魔力互觸後的滲透程度等等，來判斷兩人的魔力是否匹配。

Q 柯尼留斯與萊歐諾蕾曾重疊過魔力，那種情況下也會有像是碰到靜電或發麻發癢般的感覺嗎？

A 因為並未喝染色用的藥水，確實會有觸電般或發麻發癢般的抗拒和排斥感呢。

Q 申請特別措施時，曾討論到尤列汾藥水的持有者是否結過婚，意思是結過婚就等於曾與其他人互相染色吧……只要曾與他人染色過，魔力就會改變嗎？

A 是的。結婚後自身的魔力會變得與出生時不同。

Q 貴族與生俱來的魔力色是根據什麼而決定的？如果會介於母親與父親的魔力色之間，那麼一代代重複下來，大家不會變得都是同樣的顏色嗎？

A 雖說會介於母親與父親之間，但也要看染色的情況、懷孕期間父親注入了多少魔力、出生季節等等，在各種因素的影響下，即便是同母兄弟，魔力色也會不一樣。此外，成長過程中也會取得神的加護，還有許多會令顏色改變的因素。不會最終都變成同樣的顏色。

Q 王族孩子們的近侍全是成年人嗎？是否會鼓勵他們多栽培與自己年紀相近的心腹？

A 都是成年人呢。雖然進入貴族院後，也會把能夠成為自己心腹的學生拉攏至中央，但仍得等到畢業後才能轉籍。

Q 有時父母的近侍會短暫成為孩子的近侍，像錫爾布蘭德得鎮守在貴族院的時候，國王或瑪格達莉娜也讓自己的近侍去錫爾布蘭德身邊當近侍（文官）了嗎？

A 有的。王族也是洗禮儀式之後才有近侍跟在身邊，但如果要自己挑選，大多還是得等到進入貴族院就讀後。錫爾布蘭德因為是一個人在離宮生活，首席侍從等主要近侍都是由父母指定可信的人擔任。

Q 假如見習文官菲里妮、羅德里希、哈特姆特，以及見習侍從莉瑟蕾塔、布倫希爾德，五人皆以他們現在的魔力量與成績同時從貴族院畢業，而且不是任何人的近侍，那分別會被指派什麼工作呢？

A 羅德里希與菲里妮會負責不太需要用到魔力的文書和雜務工作吧。比如收穫祭時收到轉移陣送來的稅賦後，要分類與記錄等等。哈特姆特反倒會擔任收穫祭時發動轉移陣的徵稅官，或負責與基貝們往來聯繫。莉瑟蕾塔會擔任城堡裡的侍從，負責接待訪客、籌備各季節的宴會、協助領主一族舉辦茶會、管理兒童室等等。布倫希爾德不會留在城堡，而是回鄉輔佐基貝·葛雷修，一邊向母親學習如何在社交場合上表現得像個女主人吧。

Q 關於對秘密房間的認知，倘若男女獨處是相當於進入賓館嗎？

A 嗯……秘密房間對貴族來說是最私人的空間，所以一般認知中，會覺得進去後不管做什麼都不奇怪，而且沒人能夠進去救援的情況非常危險。以現代日本來說，比較像是進入了明知對方家人有事、不會回來的異性房間吧。雖說不管發生什麼事都不奇怪，但跟只以那種事為目的的場所還是不一樣。

Q 和魔物一樣，若往貴族被切割的身體局部（例如指甲、頭髮與手指等）注入魔力，也會變成魔石嗎？

A 魔物因為魔力容易聚集而有能夠形成魔石的固定部位，貴族也是類似的部位能夠成為原料。

Q 魔導具戒指有規定一定要戴在哪一手的哪根手指上嗎？

A 除非有殘缺，否則規定是左手中指。

Q 關於貴族的戒指，是往魔石寫下魔法陣，然後當成魔導具使用嗎？還是只是把普通的魔石嵌在戒指上，當成媒介使用？

A 是魔導具的一種，畫有釋出魔力所需的魔法陣。

Q 就算用了魔導具，要窺看魔力比自己高的人的記憶還是很困難嗎？

A 根據魔力量，依魔力的染色情況而定。

Q 給貴族孩子的魔導具，會比斐迪南的超級難喝回復藥水（假設要賣）的售價還要高嗎？

A 孩童用的魔導具價差相當懸殊。有的魔導具只要能吸收下級貴族孩子的魔力就好，有的則要能徹底吸收領主一族孩子的魔力，所以價格會不一樣。

Q 拿著思達普變成的劍戰鬥時，應該經常會有劇烈碰撞，思達普都不會斷掉嗎？

A 偶爾也會斷掉。屆時要回收碎片，重新吸收。

Q 在成年時才會取得思達普的那個時代，是什麼時候學習思達普的使用方式，好比如何變出奧多南茲等等？

A 都是一邊工作一邊在現場學習。畢竟好幾年來都看著老師或做見習工作的上司們手拿思達普，輕輕鬆鬆地完成所有工作，而且上課時也會使用思達普的替代魔導具。因此得到思達普後，不會再另外上課學習使用方法。

Q 關於思達普，有哪些事情是沒有思達普就辦不到的嗎？像洗淨魔法能利用戒指或魔石施展出來嗎？

A 有些事情確實要有思達普才辦得到，但目前還無法詳細說明。另外，確實有用途為洗淨的魔導具。因為不少下級貴族比起使用思達普，更會選擇使用已發明出來、可節省魔力的魔導具。

Q 故事中曾有「喝回復藥水治癒」的描寫，意思是平常服用的回復藥水也有治療傷口的功效嗎？如果效力強大，就連傷口也能瞬間消失嗎？

A 是的。雖然因受傷程度而異，但確實能讓傷口復原。只不過已經流出來的鮮血並不會消失，得以洗淨魔法洗去。

Q 倘若不只披風，也在衣服、貼身衣物與鞋子等畫上護身用魔法陣，是不是就能讓防禦力大幅提升？

A 若想讓防禦力大幅提升，就必須時時補充魔力。除了顧及防禦，還要保留魔力以備攻擊或逃跑所需，並以貴族身分過著日常生活；考量到上述這些，並不是任何人都辦得到，但也不是不可能。

Q 哈特姆特是怎麼知道獻名石的做法呢？雖說他修習了文官課程，但感覺不是課堂上會教的內容。另外想知道他一般都是如何取得情報？

A 如果只是討論到獻名石，羅潔梅茵的近侍們也都略有所知，至少在被問及意見時能馬上說出自己的看法。雖然不會在課堂上學到，但身為領主一族的近侍如果只會做課堂上教過的魔導具，簡直比三流的文官還不如。哈特姆特因為想當羅潔梅茵的首席文官，大量學習了不少東西。他甚至覺得自己完全比不上斐迪南，對自己身為文官卻幫不上忙感到煩惱；也對羅德里希明明是中級見習文官，閱讀量卻太少而感到憤慨。而且廣為人知的魔導具，只要翻閱書籍就能查到做法。因為貴族院圖書館與教師的研究室裡有各式各樣關於魔導具的書。

Q 倘若獻名石的品質未達標準，或是獻名者的魔力在獻名後產生變化，會不會導致什麼問題呢？

A 品質若未達標準就無法封印自己的名字，也無法完成獻名石。此外雖然得是魔力產生非常大的變化才有可能，但可能會使得獻名石崩毀。

Q 故事裡寫道，注有主人魔力的獻名石只有主人能觸碰，若主人以外的人想觸碰獻名石會發生什麼事？還有，如果他人不必直接觸碰也能設法取得獻名石，會對獻名者或接受獻名的主人帶來危險嗎？

A 獻名石因為被盈滿主人魔力的白繭包覆著，如字面所述他人是碰不到的。假使落入他人之手，在仍覆著白繭的情況下並無法對獻名者下令；但要是有辦法除去主人的魔力，就會被他人奪走名字。

Q 歸還獻名石時需要做某些處置嗎？比如主人收回自己的魔力？

A 需要主人或獻名的當事人做些處置。

Q 關於空魔石。只要靠在額頭上就能吸走魔力的「空魔石」，是由調合所做出來的一種魔導具嗎？看羅德里希在課堂上為了把魔力灌進魔石裡十分費力，感覺如果只是清空了魔力的普通魔石，並不具有能從人身上吸走魔力的功能，所以很好奇是不是另外做了什麼設計？

A 那不是魔石本身的力量，而是斐迪南的技術。把快要溢出的魔力轉移到其他魔石……感覺就像是把魔力從原料移到另一樣原料。也就是把羅潔梅茵視為一種原料，這樣說能夠理解嗎？當然，如同本傳故事裡說過的，魔石在失去了魔力後會有再吸收回來的特性，所以只要讓空魔石挨著同屬性的魔力，便會慢慢吸收。但因為速度非常緩慢，趕時間的話會來不及。

Q 神殿長的聖典要有許可才能閱覽，可是梅茵最一開始請神官長唸內容給她聽的時候，看得見聖典上的文字。是下了許可說房裡的人都能閱覽嗎？

A 下令時是說「神官長，你為到時過來的梅茵這個孩子朗讀聖典吧」，所以梅茵與負責朗讀的神官長才看得見。

Q 除了黑暗之神的禱詞與騎士團所用的咒語，還有其他禱詞也有簡易版的咒語嗎？

A 有的。因為禱詞太長了，過去有好幾個人研究過可以怎麼簡化。

Q 黑色魔獸等魔物的分布是有規則性的嗎？連在戴肯弗爾格也會出現，代表似乎至少與門的種類無關。在孛克史德克劃分給戴肯弗爾格之前，領內的人就知道暗之咒語了嗎？

A 第三部為了採集尤列汾的原料，不是曾前往艾倫菲斯特領內各屬性強烈的地方嗎？同樣地，在暗屬性強烈的土地也就容易出現黑色魔物。而戴肯弗爾格已經存在很久了，自然知道暗之咒語。因為就算禁止使用，知識仍會傳承下來。

Q 達穆爾長年來都侍奉羅潔梅茵，現在對羅潔梅茵有什麼想法呢？

A 羅潔梅茵大人真是努力，和以前相比成長了不少；雖然現在一切順利，但也不知道能持續到何時……就像這樣，達穆爾很清楚羅潔梅茵是在斐迪南的庇護之下，才能過得相當隨心所欲，所以其實各方面都感到不安。

Q 第四部VII裡阿道芬妮對羅潔梅茵抱有什麼看法呢？既然還替她擋下了蒂緹琳朵的窮追不捨，應該是有好感的吧？

A 當然並不討厭羅潔梅茵，態度也十分友善，但跟現代日本所謂的有好感不太一樣。比較偏向是有結交的價值吧。

Q 雷蒙特對羅潔梅茵有怎樣的看法呢？不僅提醒他要注意生活習慣，還會送食物過來，會覺得她是很照顧人的師姊嗎？

A 他對羅潔梅茵是非常感激的，因為願意幫忙居中聯繫斐迪南大人。此外，他也沒想到領主候補生會願意給予他領的中級貴族通融，所以覺得她雖然是個怪人，但心地善良；也羨慕她魔力量多，感覺能做任何實驗；也很高興她需要自己的能力。大概就是這樣。

Q 明明接受了大量教育，像是貴族院的術科和有書面考試的學科，為何羅潔梅茵還總是出現常識不足（好比社交與魔力的操控等）的情況，原因出在哪裡呢？

A 因為沒有人能以羅潔梅茵能夠理解的方式教導她。加上被原本的觀念與常識影響，表面上就算學了，羅潔梅茵也完全沒有理解。再想想斐迪南的身世，他也覺得只要表面工夫做好即可，所以教育本身早就偏離常軌。貴族父母與養父母也都靜觀其變，心想著「對方會出面吧」。也因為擁有的時間實在太少。總之有許多理由。

Q 克拉麗莎的家人對這樁婚事有何看法呢？

A 大概是這樣吧：還以為她終於放棄成為見習騎士了，現在竟又提出這麼荒謬的要求。明明是見習文官，做事不能再動動腦子嗎？居然不是因為喜歡對方，而是因為尊敬與崇拜羅潔梅茵大人？要是這份崇拜來得快去得也快，屆時她打算怎麼辦？

Q 克拉麗莎是怎麼向柯尼留斯打聽他有沒有婚約的呢？

A 在蒐集情報的過程中，她就已經知道柯尼留斯是羅潔梅茵的親哥哥，所以只是很普通地問他：「您有基於政治考量而選定的未婚妻人選了嗎？」柯尼留斯只回一句「已經在談了」就結束了。至於哈特姆特，則是本人早就宣稱他與許多女性都有友好往來，但還沒有未婚妻，所以她速戰速決地直接求婚。

Q 克拉麗莎曾說她因為體型嬌小，沒能成為見習騎士，但現在似乎長高了不少，與高個子的哈特姆特站在一起時還很登對。是選拔後的這幾年突然抽高嗎？

A 用突然抽高好像不太對呢。在戴肯弗爾格參加選拔的年紀，是從受洗後到貴族院入學前之間，但克拉麗莎介紹給羅潔梅茵時已經是貴族院五年級了。假使是在現代日本，相當於是在小學中年級到國中二年級之間長高。既然中間有成長期，會長高的人就是會再長高。

Q 喬琪娜在齊爾維斯特出生之前，應該各方面都被視為是艾倫菲斯特的下任領主，但在FANBOOK3卻看不出這種情形。那她大約是什麼時候被視為下任領主的呢？

A 從出生後到齊爾維斯特受洗為止。

Q 薇羅妮卡全盛時期，她是怎麼對待波尼法狄斯與卡斯泰德的呢？

A 對薇羅妮卡來說，波尼法狄斯是自己丈夫的哥哥，也是以下任領主身分接受過教育的人。由於他對領主之位並不執著，所以很希望能籠絡他。至於卡斯泰德，她可以接受他降為上級貴族，或是入贅成為喬琪娜的夫婿，但絕不容許他以領主孫子的身分，意圖成為下任領主。而卡斯泰德既不執著於領主之位，也受不了薇羅妮卡一直找碴挑釁，所以一向是能躲就躲。最終成了薇羅妮卡藉由刁難與耍手段成功排除掉敵人的案例，多少也助長了薇羅妮卡的勢力。

Q 薇羅妮卡擁有非常龐大的魔力量，為何當時沒人建議領主收她為養女？

A 因為有可能在亞倫斯伯罕的施壓下，不得不讓她成為下任領主，也不希望到時被強塞來自他領的女婿。讓她成為第一夫人還在容許範圍內。

Q 第四部VI裡羅潔梅茵曾問「請將我染上您的顏色」是什麼意思，想知道斐迪南收到這封詢問信時是什麼心情，以及多達三面的回信究竟寫了什麼（是寫了一堆說教？還是非常迂迴又冗長地在解釋這句話的意思？）。

A 斐迪南的心情是：「笨蛋！這種事別來問我！」然後就像在寫教科書一樣，仔仔細細地歸納寫下魔力的特性。

Q 我想斐迪南的成績應該足以獲選為跳劍舞。不只奉獻舞，他也跳了劍舞嗎？

A 領主候補生不能跳劍舞，只負責跳奉獻舞。

Q 齊爾維斯特完全不曉得斐迪南出生的秘密嗎？

A 不知道。只知道「斐迪南是父親大人帶回來的異母弟」。

Q 托勞戈特若是尤修塔斯的外甥，年紀好像有點太小了，這是為什麼？

A 因為托勞戈特的父親身體不好，很晚才有孩子。

Q 尤修塔斯曾離過婚，那前妻與孩子現在怎麼樣了呢？孩子是在妻子老家以貴族身分受洗的嗎？

A 因為離婚時得到了很多錢，前妻現正住在娘家的別館。孩子已以貴族身分受洗。

Q 倘若魔力量足夠，海德瑪莉會想與斐迪南結婚，而不是與艾克哈特嗎？

A 我想應該不會。但要是斐迪南希望，海德瑪莉會與他結婚吧。但她本人並不會如此希望。畢竟尊崇的偶像與一起過生活的丈夫不能混為一談。

Q 艾格蘭緹娜與同時也是舅父的奧伯之間，關係是勢不兩立呢？還是表面上雖然處得不錯，但經常對對方感到不滿？還有，奧伯與艾格蘭緹娜的母親是手足，相處起來也一樣嗎？

A 也不是不滿，而是立場互不相同吧。因為前任領主總會插嘴干涉有關艾格蘭緹娜的大小事，讓奧伯相當反感，部分反感也就投射到了艾格蘭緹娜身上。手足間的感情並沒有不好。

Q 是因為政變太晚結束，艾格蘭緹娜才沒有成為特羅克瓦爾的養女，而是繼續留在庫拉森博克嗎？

A 有部分是因為政變太晚結束，有部分也是因為前任領主擔心再度遭人暗殺，不肯讓艾格蘭緹娜離開。況且若把艾格蘭緹娜收為養女，會由她成為下任國王。畢竟得顧及在政變中獲勝的特羅克瓦爾以及支持他的夫人們，因此也有政治上的考量。

Q 蒂緹琳朵大人每次都在茶會上自說自話，難不成……她其實很蠢？

A 以她的年紀與身分來說，是有點無法認清自己與周遭的情況。若要為她說說話，這也是因為她雖是領主一族，但原是第三夫人的第三個孩子，而且生來是女孩，所以沒被寄予什麼期待，成長過程有些任其自生自滅。因此在母親喬琪娜成為第一夫人，自己也一躍成了下任領主候補後，突然備受眾人矚目，便得意忘形起來。

Q 盧第格原本是以上級貴族身分受洗，父親成為奧伯後，地位才提升的嗎？

A 不是的。他的父母本就是領主一族，因此他從一開始就是領主一族。

Q 在羅潔梅茵與韋菲利特入學之前，蒂緹琳朵都把盧第格當作是下位領地的領主候補生，儘管名義上是表兄，實際上當成弟弟在對待嗎？

A 並非如此。比較像是根本不值一提的存在，從來沒有接觸過。

Q 錫爾布蘭德王子的首席侍從阿度爾是哪裡出身的中央貴族？

A 是格里森邁亞。對於第三夫人太有戴肯弗爾格風格的教育方針，總是感到頭痛。

Q 洛飛老師為何沒有加入中央騎士團，而是成了貴族院的教師？

A 因為他想當老師。說得更確切點，感覺就是：「由我來教導學生什麼是真正的迪塔！」為了宣揚（？）迪塔才成為教師。

Q 與赫思爾以及傅萊芮默成為同事以後，洛飛老師對於女性的看法有沒有改變呢？還是說在迪塔面前，這種事一點也不重要？

A 這個嘛……他的眼界變得更加開闊，發現原來女性也是各式各樣（笑）。

Q 假使賈鐸夫老師有孩子或孫子，他們會成為領主候補生嗎？

A 倘若具有實力，也獲得領主認可並被收養的話。

Q 賈鐸夫老師以前也同時修習了文官課程嗎？抑或只是額外多修了幾門課？

A 只是額外多修了幾門課。羅潔梅茵因為想當圖書館員，會修習文官課程的所有必修課，但賈鐸夫只選修了自己有興趣的課。

Q 萊蒂希雅的同母兄弟正以領主候補生的身分在貴族院就讀嗎？

A 是的。就在阿道芬妮與奧爾特溫的異母兄妹之中。

Q 《小書痴的下剋上》裡出現的神話、主神與眷屬神等等，都是香月美夜老師自己想出來的嗎？若有參考依據，希望可以告訴我們。

A 構思時我參考了希臘神話、羅馬神話與日本神話。因為是配合劇情發展去思考，很難明確說出「參考來源就是這裡！」。

Q 關於祭壇神像的排列，為何土之女神是單獨放在中間的階梯上，這有什麼含意嗎？

A 想要獨占土之女神的生命之神、為土之女神們的遭遇感到憤慨而採取行動的兄姊諸神、試圖解放土之女神的艾爾維洛米、將古得里斯海得賜予尤根施密特初代國王的睿智女神又是土之女神的女兒——因為尤根施密特能夠形成，土之女神可說是一切的中心。

Q 關於月亮的顏色，春天芙琉朵蕾妮之夜的月亮是紅色，秋天舒翠莉婭之夜似乎是紫色，那夏天與冬天會變成什麼顏色呢？

A 並沒有萊登薛夫特之夜與埃維里貝之夜，所以也就沒有變化。

Q 之前說過這個世界一年有四百二十天，比現實世界的一年多了快兩個月。那以羅潔梅茵這邊的感覺為基準（？）去看人物的外在年齡時，會與實際年齡有落差嗎？

A 在我的預想中是有落差的。但若要與插畫家椎名老師想像的年齡落差完全一致，實在是不太可能，因此除了要配合角色形象，偶爾要求修改得成熟一點，或比實際年齡再年幼一些外，基本上都交給老師決定。

Q 尤根施密特似乎沒有時鐘，那大家是怎麼掌握時間的呢？靠生理時鐘嗎？

A 根據鐘聲＋太陽的位置＋生理時鐘。

Q 就算是相同階級的貴族，基貝及其家人的家族地位還是會比較高嗎？

A 因為要管理土地，在同階級中也多是由魔力量較多的貴族擔任。

Q 庫拉森博克的冬天應該更是冷得連艾倫菲斯特也比不上，請問對嗎？

A 沒錯，因此地下城市非常發達。魔法萬歲！

Q 我對政變的想像畫面，是兩個陣營互相抨擊、積極籠絡更多人到自己這一邊，並在發生迪塔這類的小型武力衝突後，發展成了像大阪冬之陣、夏之陣那樣的短期戰事。還是說，武力衝突就像應仁之亂那樣持續了很長的時間？

A 第二王子死後，古得里斯海得也消失了，國王還臥病在床時，兩個陣營就一直在壯大勢力，偶有小規模的武力衝突。但因為沒有古得里斯海得，無法決定繼承人，國王過世後，第一王子與第三王子便進入短期交戰。但儘管第三王子獲得了勝利，無法接受結果的第一王子派的人於是下毒暗殺。後來保護了第三王子遺孤艾格蘭緹娜的庫拉森博克，更是以弔唁之名發動攻擊……嗯，也就是復仇呢。隨後，儘管第五王子並無意願，但擁戴他的人與第四王子之間仍展開了長期鬥爭，拉攏盟友、接連不斷的小規模武力衝突，最終是得到了戴肯弗爾格支持的第五王子獲得勝利。但是，就在討論要肅清哪些人的時候，第四王子派的人策劃暗殺第五王子的公主，肅清因而變得激進。想想從一開始直到最後，其實持續了相當長的時間。

Q 貴族院通往中央離宮的門扉究竟有多少？要是連旁系王族每個人也都有離宮及應對的門，感覺神與門扉的數量都會不夠用。歷代以來若發生人數多到不夠用的時候，都是怎麼解決的呢？

A 轉移用的門扉數量總共就只有最高神祇＋五柱大神＋眷屬神而已，連結著中央的王宮、離宮、各領宿舍與各領茶會室。目前還有幾扇門並未用到。由於旁系王族太多也不好，會限制在一定的數量下。藉由出養或聯姻等方式使其成為他領一員，或是讓旁系王族通婚來調節人數。

Q 關於貴族院的學科，只要通過一開始的考試就不用再去上課的制度感覺很新穎又有效益，是否真有某個國家在採用這個做法呢？若有參考依據的話想要了解。

A 並無參考依據。是在思考故事的發展時想出來的制度。真要說的話可能類似於跳級制度吧。

Q 艾倫菲斯特有塊土地叫作「赫辛」，只是剛好跟赫思爾的名字很像嗎？還是只是寫成日語時很像，但寫成尤根施密特語的話會差很多？

A 只是剛好而已。當初寫大綱時只註明「舍監」，但到了得想名字的時候，就算看著人名辭典也找不到覺得適合的。後來，我就把當時擔任孩子班導的老師名字漢字轉成德語，借用了其中一部分。普琳蓓兒也是從孩子的班導那裡獲得靈感。這次是從下面的字。庫拉森博克出身的人是用法國腔。

Q 勞布隆托明明是上級貴族，為何長相那麼兇惡？斐迪南大人不是說過，身分越高的人自然都越漂亮嗎？

A 應該是椎名老師在設計人物時，想讓讀者一眼就能看出他是反派角色吧？反正他也不是王子，我也覺得沒什麼問題就採用了。

Q 作者創作《小書痴的下剋上》時，是以世界觀還是角色為主軸？我甚至還想像過，說不定作者曾考慮用梅茵以外的角色來寫這篇故事……

A 創作時我不是以世界觀或角色，而是以故事本身為主軸。感覺上是故事先成形，之後再慢慢創造角色與世界觀呢。倒是從未想過由梅茵以外的人來當主角。

Q 現在小書痴接連推出了各種企劃，比如印刷博物館、漫畫選集、改編動畫等等，當中應該也有出版社構思的企劃，或者是收到合作提案吧？想知道是經歷了怎樣的過程決定推出哪些企劃，希望能在可告知範圍內與我們分享。

A 關於漫畫、動畫與廣播劇改編這類的跨媒體製作，一開始是出版社問我在推出作品的過程中，想不想要有衍生的跨媒體作品。據說一旦把作品交到他人手中，再怎麼要求對方符合原著，還是會慢慢偏離。由於會有作者為此感受到壓力，所以想先確認我的意願。在我回答沒有問題後，便開始各個項目的洽談。

由我主動提議的，則是小書痴的周邊商品呢。我寄了電子郵件表示：「我想訂做能掛在車鑰匙上的鑰匙圈，可以使用工坊的徽章嗎？但因為就算是最低訂量，還是會多出不少，多的可以販售嗎？」隨信還附上了自己想要的鑰匙圈想像圖，結果得到回覆如下：「好棒喔，我也想要呢。若要在官網上販售，就由出版社製作吧。」於是乎，周邊商品的製作就這麼開始了。

至於與印刷博物館的合作企劃以及在圖書館的演講，都是對方先向出版社送了企劃書，再由責編轉交給我。在我研究過行程表後，沒有問題就會接下，但也曾婉拒過幾項提案。但不論是第三方提出的企劃，還是我想出的企劃，責編都要在中間擔任溝通橋梁，所以最辛苦的恐怕是責任編輯呢（笑）。

每次都很突然的
四格卷末漫畫
出差版
輕鬆悠閒的家族日常
The廚師魂
做起美食我可不會輸給任何人！
我也不會輸喔!!
明明還有我耶?!
拍手拍手
想吃和食
妳對食物還真是執著。
既然要吃，當然要吃好吃的嘛。
但其實我真的很想做味噌呢。
好想喝味噌湯
那是什麼？
首先要把豆子煮到軟爛，磨碎後加入鹽巴與能讓豆子發酵的黴菌，靜置一段時間。
完成以後，把泥狀的味噌融進熱湯裡頭，就可以喝了喔。
黴菌?!
不過，製作味噌需要人體實驗呢……
因為一不小心就有可能食物中毒
妳想做的東西真的是食物嗎？

啊啊，聖女大人

哈特姆特，我還是要聲明清楚，
我真的不是你想像中的聖女。
我只是因為一直在神殿生活，才對禱詞和神具那麼清楚，
也因為我是神殿長，才有辦法給予祝福。
所以，並不是值得信奉崇拜的對象——
舉……
啊啊——不可以膜拜我啦!!
咦咦～？信仰是我的自由吧。
你剛才到底有沒有在聽我說話？
羅潔梅茵教持續推行中

LOVE魔神登場

LOVE
歐托先生，我看過動畫了喔。
梅茵！妳看到了嗎？珂琳娜那宛如女神般的美麗姿態！我重新愛上她了呢～
「歐托先生也（遠比我想像中的）很帥氣喔。」
……咚咚咚咚
梅茵——！
呃咳！喝哈！
大力撞
別管歐托了！爸爸怎麼樣啊?!
爸、爸爸（傻爸爸的樣子）也很厲害喔……
是嗎！果然爸爸是最棒的嗎!!
緊抱—

慘遭昆特輾過的歐托

作者群留言板

香月美夜

FANBOOK也邁向第四集了。今年不只出了公式漫畫選集，還出了兒少文庫版本，甚至連動畫版也開始播放了。
規模的擴張速度真是太驚人了，自己一點真實感也沒有呢。

椎名優

FANBOOK也出到第四集了。
這集的封面是滿滿的食物。
出現在「小書痴」世界裡的食物感覺都很美味呢。

鈴華

這次的FANBOOK收錄了我之前為漫畫版所設計的神祇造型。為了讓每位神祇的髮型與服裝都有所不同，絞盡了不少腦汁，讓我再一次深深覺得，每出新的一集就要設計新角色的椎名老師真是了不起……！

波野涼

我是負責第三部漫畫版的波野涼。這是我第二次參加FANBOOK，為了與今後持續擴張成長的小書痴世界一同前進，我會繼續加油，目標是第三次參加FANBOOK！

皇冠叢書第4951種
mild 904

小書痴的下剋上FANBOOK 4
為了成為圖書管理員不擇手段！

本好きの下剋上
司書になるためには
手段を選んでいられません
ふぁんぶっく4

Honzuki no Gekokujyo Shisho ni narutameni ha shudan wo erande iraremasen fan book 4

作者—香月美夜
插畫—椎名優
漫畫—鈴華、波野涼
譯者—許金玉
發行人—平雲
出版發行—皇冠文化出版有限公司
臺北市敦化北路120巷50號
電話—02-27168888　郵撥帳號—15261516號
皇冠出版社（香港）有限公司
香港銅鑼灣道 180號百樂商業中心 19字樓 1903室
電話—2529-1778　傳真—2527-0904
總編輯—許婷婷
責任編輯—陳怡蓁　美術設計—嚴昱琳
著作完成日期—2019年　初版一刷日期—2021年6月
法律顧問—王惠光律師

讀者服務傳真專線—02-27150507　電腦編號—562038
ISBN 978-957-33-3740-9
Printed in Taiwan
本書特價—新台幣249元/港幣83元

國家圖書館出版品預行編目資料

小書痴的下剋上FANBOOK. 4：為了成為圖書管理員不擇手段!/香月美夜著；椎名優繪；鈴華, 波野涼漫畫；許金玉譯. -- 初版. -- 臺北市：皇冠文化出版有限公司, 2021.06
面；　公分. -- (皇冠叢書；第4951種)(mild；904)
譯自：本好きの下剋上 司書になるためには手段を選んでいられません, ふぁんぶっく. 4
ISBN 978-957-33-3740-9(平裝)
110007683

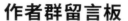